Jens Schumacher

MORLO

Voll auf Steinzeit!

ueberreuter

Weitere Bücher von Jens Schumacher bei Ueberreuter:
Asmoduin – Nervensäge aus der Hölle
Asmoduin – Die Nervensäge kehrt zurück
Asmoduin – Nervensäge in Not

1. Auflage 2016

ISBN 978-3-7641-5079-2

Umschlagillustrationen: Alexander von Knorre
Druck und Bindung: Interak, Czarnków
Gedruckt auf Papier aus geprüfter nachhaltiger Forstwirtschaft.

www.ueberreuter.de

»Der Mensch hat mehr vom Affen, als so mancher Affe.«

Friedrich Nietzsche

Erfindergrippe

»… auf die Zwei und zurück zur Eins. Jetzt die Drei … Vier und Fünf gleichzeitig … hepp! Verflixt, was kam als Nächstes?« Unsicher ließ Jenny Jeremialas den Blick über die steinernen Platten zu ihren Füßen schweifen.

Ein zufällig vorbeikommender Spaziergänger hätte sich vermutlich gewundert, wieso das dreizehnjährige Mädchen mit der leuchtend orangefarbenen Haarmähne so ein verbissenes Gesicht machte. Und warum es ihm offenbar nicht wirklich Spaß zu machen schien, auf einem Bein die in Form eines »Himmel und Hölle«-Hüpfspiels angeordneten Steinfliesen im Vorgarten des alten Hauses entlangzuhopsen.

Was ein Spaziergänger – wenn es einen gegeben hätte – nicht gewusst hätte: Die nummerierten Fliesen, die in einer komplizierten Anordnung zur Haustür des über hundert Jahre alten, windschiefen Backsteinhauses führten, waren keine normalen Gartenfliesen. Denn das Gebäude gehörte keinem normalen Mann.

»Zurück zur Vier? Muss man zurück zur Vier, bevor man auf die Sechs darf?« Jenny zögerte, dann sprang sie vorsichtig zurück auf die Steinplatte mit der eingemeißelten Vier.

Nichts geschah.

Erleichtert stieß Jenny die angehaltene Luft aus. Sie überlegte kurz, dann machte sie einen Satz und landete schwankend auf der übernächsten Fliese, die die Nummer sechs trug.

Sie war jetzt dicht genug am Haus, um das glänzende Namensschild neben der Tür erkennen zu können. PROFESSOR ALBERT BARTHOLOMÄUS TUFFHÄUSER – TECHNISCHE PROBLEMLÖSUNGEN & GENIALITÄTEN ALLER ART war mit großen Buchstaben in die Metallplatte graviert. Daneben befand sich ein Eingabefeld mit einer Vielzahl blinkender Knöpfe, das an eine Computertastatur erinnerte.

Professor Tuffhäuser, Jennys Onkel, war Erfinder. Kein berühmter oder sonderlich erfolgreicher, aber Erfinder. Und er hatte panische Angst vor Einbrechern. Sein größter Albtraum war es, eine Bande von Langfingern könnte bei Nacht und Nebel in sein Labor eindringen und ihm seine genialen technischen Errungenschaften rauben. Um dies zu verhindern, hatte der Professor sein Anwesen mit einer Unzahl getarnter Abwehrvorrichtungen vermint.

Eine dieser Fallen waren die Trittsteine in Form eines Kinderhüpfspiels. Der Vorgarten zu beiden Seiten der Fliesen war hoffnungslos verwildert, überwuchert von meterhohen, dornigen Brombeerranken. Niemand würde sich freiwillig durch diese Wildnis zur Eingangstür durchschlagen, wo es doch eine Reihe höchst einladender Trittsteine gab …

»Sieben und Neun zugleich, die Acht in der Mitte auslassen.« Mit konzentriertem Blick landete Jenny mit beiden Füßen auf zwei verschiedenen Platten, verharrte kurz und sprang anschließend noch einmal zurück auf die Fliese mit der Zahl sechs, von der sie gerade gekommen war. »Uuuund rüber auf die Zehn!« Ein neuer Riesensatz. Jetzt war es nicht mehr weit.

Die Trittsteine in Onkel Alberts Vorgarten waren mit einer Reihe computerüberwachter Sensoren verbunden. Betrat man die Fliesen nicht exakt in der vorgegebenen Reihenfolge – manche auf einem Bein hüpfend, manche zeitgleich mit einer zweiten Platte –, wurde ein Abwehrmechanismus aktiviert. Im Boden vergrabene Hochdruckdüsen, stark genug, einen Schiffskran oder eine Planierraupe zu bewegen, schleuderten die betreffende Fliese dann in hohem Bogen vom Grundstück – zusammen mit dem Bemitleidenswerten, der in diesem Moment darauf stand.

Im Gegensatz zu manch anderer von Professor Tuffhäusers Erfindungen funktionierte der »automatisierte Unbefugten-Entsorger« ausgezeichnet. Deswegen hatte es auch schon bald nach der Installation der Anlage erste Anzeigen wegen fahrlässiger Körperverletzung gehagelt. Denn leider hatte der geniale Erfinder nicht daran gedacht, den korrekten Weg über die gefährlichen Platten all denen mitzuteilen, die völlig rechtmäßig an seine Tür zu klopfen versuchten. Eine ältere Dame, die Spenden für die Gemeinde sammelte, flog zwei Querstraßen weit und landete in einem Swimmingpool – zum Glück. Ein Paketbote dagegen, der dem Professor eine Sendung mit technischen Bauteilen zustellen wollte, lag anschließend volle drei Wochen im Krankenhaus.

»... und zu guter Letzt: mit beiden Füßen zugleich auf die Zwölf.« Platschend landete Jenny auf der letzten Fliese vor den Stufen der Eingangstür. Sie hatte es geschafft!

»Ein Glück, dass Onkel Albert die Reihenfolge nicht geändert hat, seit ich zuletzt hier war«, keuchte sie. »Hoffentlich trifft das auch auf den Klingelschutz zu.«

Sie stieg die drei flachen Stufen zur Tür hoch und beugte sich über das Tastenfeld. Ohne zu zögern tippte sie das Wort *Physikalanismatorikologonismus* ein.

Versuchte jemand, Professor Tuffhäuser bei der Arbeit zu stören, ohne vorher den Klingelmechanismus mit dem richtigen Losungswort entschärft zu haben, setzte die Berührung des Klingelknopfs einen halben Zentner schnell bindenden Superkleber aus einem Container oberhalb der Tür frei. Das Zeug überzog den Unbefugten wie eine zweite Haut und wurde innerhalb von zweieinhalb Sekunden hart wie Beton. Der potenzielle Dieb konnte sich nicht mehr rühren und mühelos von der automatisch verständigten Polizei abtransportiert werden.

Jenny, die ihren Onkel regelmäßig besuchte, kannte das Passwort natürlich. Nachdem ein grünes Lämpchen anzeigte, dass die Falle nicht länger scharf war, drückte sie auf einen großen, quadratischen Knopf, auf dem die Initialen ihres Onkels leuchteten: A. B. T.

Prompt heulte im Innern des Hauses eine schrille Sirene los. Sekunden später wurde hinter einem Fenster im Obergeschoss ein hohes Kläffen laut. Schließlich erwachte ein winziger Flachbildschirm zum Leben, der neben der Klingel in die Wand eingelassen war.

Auf dem Monitor erschien das Bild eines rundlichen Mannes mit einem Ring aus schlohweißem Haar, das wie Zuckerwatte um die hintere Hälfte seines Kopfes lag und wirr in alle Richtungen abstand.

Winzige Äuglein, die durch die fingerdicken Gläser einer Lesebrille noch kleiner wirkten, blinzelten in die Kamera.

»Jenny? Was für eine Überraschung!«

Natürlich hatte Onkel Albert über dem Türstock eine getarnte Kamera installiert, sodass er stets sehen konnte, wer Einlass begehrte.

»Was führt dich denn hierher?« Die Stimme des Erfinders, ohnehin quäkend und verzerrt durch den kleinen Lautsprecher, klang auffallend heiser und näselnd.

»Mom hat mir erzählt, dass du das Bett hüten musst, Onkel Albert«, rief Jenny übertrieben laut in das Mikrofon der Gegensprechanlage. Die Übertragung nach drinnen war mäßig, das wusste sie, außerdem hörte Onkel Albert nicht mehr allzu gut. »Am Montag ist doch Feiertag, und ich habe drei Tage lang keine Schule. Da dachte ich, ich komme vorbei und pflege dich ein bisschen.«

Das entsprach nicht ganz der Wahrheit. Jennys Mutter hätte ihre Tochter nie eigens darauf aufmerksam gemacht, dass der Bruder ihres Mannes – das erklärte schwarze Schaf der Familie – krank war. Sie sah es ohnehin nicht gerne, dass Jenny den alten Herrn dauernd besuchte. Der alte Wirrkopf, fand sie, war kein Umgang für ein Mädchen, das auch so schon den Kopf nur voller Flausen hatte.

Tatsächlich hatte Jenny heute Mittag zufällig mit angehört, wie ihr Vater mit einem Cousin zweiten Grades telefonierte, ihrem Großonkel Frieder. Großonkel Frieder war Rechtsanwalt und vertrat Professor Tuffhäuser, wenn dessen Kunden defekte Erfindungen reklamierten oder Schadensersatz forderten, weil einer seiner genialen Apparate nicht das gemacht hatte, was er sollte.

Meistens funktionierten Onkel Alberts spektakuläre Konstruktionen ja, und das auf erstaunliche Art und Weise. Ab und zu ging jedoch etwas schief – unter anderem, weil der Professor grundsätzlich an mindestens zehn Apparaten gleichzeitig bastelte und dabei nicht selten mit den Bauteilen durcheinanderkam. Und ging mal etwas in die Hose, dann ging es *richtig* in die Hose. Wie etwa im Fall des ultraschallbetriebenen Dampfkochtopfs, den der Professor ein paar Wochen zuvor für einen Metzgermeister aus dem Nachbarort konstruiert hatte. Das Gerät sollte ein ganzes Rind in weniger als zehn Sekunden garen. Leider erfuhr nie jemand, ob es das tatsächlich konnte. Gleich bei der ersten Inbetriebnahme flog der Riesentopf in die Luft und legte die komplette Metzgerei in Schutt und Asche. Der Termin für die unausweichliche Gerichtsverhandlung war für Mitte der Woche angesetzt gewesen. Er musste jedoch verschoben werden, weil Onkel Albert krank geworden war. Großonkel Frieder hatte sich darüber dermaßen geärgert, dass er Jennys Vater telefonisch sein Leid geklagt hatte.

Als Jenny hörte, dass es ihrem Onkel nicht gut ging, hatte sie spontan einen Plan gefasst, was sie an dem bevorstehenden langen Wochenende tun würde. Ihrer Mutter erzählte sie in weiser Voraussicht, sie würde bei einer Freundin übernachten. Das war ihre Standardausrede, wenn sie Onkel Albert besuchen ging. Wenig später saß sie auch schon auf ihrem Fahrrad.

»Krank? Ich?«, quäkte es jetzt aus dem Lautsprecher. »Da musst du etwas falsch verstanden haben, mein Kind. Ich war nie …« Weiter kam Professor Tuffhäuser nicht, denn ein brachialer Nieser unterbrach ihn mitten im Satz. Ein zweiter und ein dritter folgten, wobei der letzte ohne Pause in einen krächzenden Hustenanfall überging.

Nachdem er eine ganze Weile vor sich hingeröchelt hatte, sah Onkel Albert ein, dass er die Sache jetzt wohl nicht mehr unter den Teppich kehren konnte. Er betätigte den Türsummer.

Vorsichtig drückte Jenny die schwere Tür auf und trat mit einem großen Schritt über die unechte Fußmatte mit der Aufschrift »Tritt ein, bring Glück herein« hinweg. Die Matte war eine weitere von Onkel Alberts Vorsichtsmaßnahmen: Ein falscher Tritt, und 50 000 Volt schossen durch den Körper des »Einbrechers« – egal, ob er tatsächlich vorhatte, den Professor auszurauben, oder es sich nur um einen nichts ahnenden Besucher handelte, der die Anweisungen des Professors für einen winzigen Augenblick vergessen hatte.

Während Jenny sich auf der zweiten, echten Fußmatte die Schuhe abtrat, schoss plötzlich ein schwarz-weißes Fellbündel die breite Steintreppe vom Obergeschoss herab und kam laut kläffend auf sie zu.

»Sudoku!« Erfreut beugte sich Jenny hinab und ließ sich von Onkel Alberts vierbeinigem Mitbewohner das Gesicht abschlecken.

Sudoku war ein portugiesischer Wasserhund, allerdings ein ungewöhnlich kleiner. Da Onkel Albert viel zu selten Zeit fand, sein langes, verfilztes Fell zu bürsten, sah Sudoku aus wie ein hawaiianischer Rastafari: Sein ganzer Körper hing voll fingerdicker, auf dem Boden schleifender Dreadlocks, die dafür sorgten, dass Sudoku beim Laufen gleichzeitig den Boden fegte. Das war ein echtes Glück, denn eine Putzhilfe beschäftigte Professor Tuffhäuser natürlich nicht – sie hätte ihm ja seine Erfindungen stehlen können.

Nachdem Jenny das aufgeregte Haarknäuel ausgiebig geknuddelt hatte, nahm sie Sudoku auf den Arm und ging zur Treppe. »Mal sehen, wie es unserem Patienten geht!«

Kaum hatte sie den Infrarot-Bewegungsmelder im unteren Geländerpfosten passiert und die erste Stufe betreten, ertönte ein dumpfes Summen, und die Treppe mit Jenny und Sudoku setzte sich rumpelnd in Bewegung. Es war die einzige Rolltreppe in einem privaten Haus, die sie kannte, und wahrscheinlich die einzige auf der ganzen Welt, deren Stufen aus echtem Marmor bestanden. Aber bei Onkel Albert musste man stets auf alles gefasst sein.

Während sie im Zeitlupentempo nach oben ruckelten, glitt Jennys Blick über die Reihen gerahmter Patentschriften, die im Treppenhaus von vergangenen Großtaten ihres Onkels zeugten. Da war der »freihändige Flaschenöffner auf Laserbasis«, der Kronkorken entfernte, ohne die Flasche zu berühren. Leider blieb bei seinem Einsatz von der Flasche nicht mehr übrig als ein Häufchen feiner Glassplitter; das Getränk selbst verdampfte zu einem Dunstwölkchen.

Dann gab es das »freischwebende Wetterschutzdach für Spaziergänger«, eine Art Regenschirm, der dank eines bewegungsgesteuerten Luftkissens ständig zwei Handbreit über dem Kopf seines Benutzers schwebte. Unglücklicherweise eignete er sich nur für Glatzköpfe, da das brausende Luftkissen jede Frisur zerstörte, die der Besitzer möglicherweise vorher besessen hatte.

Ebenfalls nie auf dem Markt durchgesetzt hatte sich der »elektromagnetische Minipizza-Taschenofen«, eine Erfindung, die Jenny eigentlich sehr nützlich fand. Sie ermöglichte die sekundenschnelle

Zubereitung handtellergroßer Gefrierpizzen, wo auch immer man sich gerade befand. Der Ofen arbeitete mit neuartigen, superstarken Magnetwellen und war nicht viel größer als ein Smartphone. Dummerweise verbrauchte er zum Backen einer einzigen Minipizza mehr Elektrizität als ein ganzes Stadtviertel bei Nacht im Winter, daher hatte auch diese Erfindung Professor Tuffhäuser weder reich noch berühmt gemacht.

Jenny grinste. Sie mochte ihren Onkel. Deshalb besuchte sie ihn, sooft sie konnte. Wie viele Kinder konnten schon von sich behaupten, einen echt verrückten Erfinder in der Familie zu haben?

Bei Jennys Verwandtschaft war Onkel Albert weniger beliebt. Er galt als komischer Kauz und Eigenbrötler, man mied ihn, so gut es ging. Seit ein paar Jahren wurde er nicht einmal mehr zu Familienfeiern eingeladen. Wenn Jenny sich richtig erinnerte, hatte der Grund irgendwie mit einer Aktentasche zu tun, die Onkel Albert einst zu einem sonntäglichen Gartenfest mitgebracht hatte. Mit ihr sowie Jennys Tante mütterlicherseits, Louisa von Schneckenbach-Krossmaul, die die besagte Tasche unbeabsichtigt im Vorbeigehen mit dem Fuß gestreift hatte und anschließend von der Feuerwehr aus der Krone eines nahen Ahornbaums geholt werden musste. Noch bevor ihre Knochenbrüche verheilt waren, beschloss der Familienrat, dass Professor Tuffhäuser künftigen Festlichkeiten doch lieber fernbleiben solle.

Zugegeben, Onkel Albert war ein bisschen schräg drauf, und mit seinem Fallentick übertrieb er es zuweilen ein bisschen. Aber dafür war er konsequent – *wenn* er etwas machte, dann zog er es durch, egal was andere sagten oder dachten. Das imponierte Jenny. Der Gedanke an ihren Onkel hatte sie schon oft ermutigt, ihren Kopf durchzusetzen, wo sie es sich sonst vielleicht nie getraut hätte.

Ähnlich wie Professor Tuffhäuser trug ihr Dickkopf auch Jenny regelmäßig entsetzte Blicke oder dumme Kommentare ein. Erst vergangene Woche war sie mit flammend orange gefärbten Haaren an der Kaffeetafel erschienen, die ihre Mutter anlässlich ihres dreizehnten Geburtstags hergerichtet hatte. Ihrem entgeisterten Starren nach zu urteilen, hatte ihre Mutter gehofft, Jenny würde den Geschenkgutschein vom Friseur für eine stinknormale Dauerwelle oder so nutzen. Aber da hatte sie Pech gehabt!

Auch was den Umgang mit ihren Klassenkameraden anging, war Onkel Albert ihr Vorbild. Jenny mochte Musik, die sonst keiner in ihrem Alter hörte, und sie sah am liebsten Filme, die niemand außer ihr überhaupt kannte. Früher hatte sie das geheim gehalten und ihren Mitschülern vorgemacht, sie teile deren langweilige Vorlieben für kindische Popmusik und bombastische Blockbuster. Irgendwann jedoch hatte sie beschlossen, dass es ihr egal sein konnte, was andere über sie dachten. Seither stand sie offen zu ihrem ungewöhnlichen Geschmack. Onkel Albert machte ihr vor, dass man ein aufregendes und glückliches Leben führen konnte, auch wenn alle anderen einen für einen Spinner hielten.

Die steinerne Rolltreppe stoppte mit einem Ruck. Jenny setzte Sudoku wieder auf den Boden und folgte dem schwanzwedelnden Haarball die Galerie entlang.

Onkel Alberts Schlafzimmer lag am hinteren Ende des Hauses, in einem Anbau, den einer der zahlreichen Vorbesitzer des Anwesens irgendwann errichtet hatte. Als Jenny eintrat, konnte sie ihren Onkel zunächst nicht sehen. Sein Bett, das dank eines von ihm entwickelten Antischwerkraftfelds frei in der Luft schwebte, war in schrägem Winkel in Richtung des rückwärtigen Fensters gekippt. Jenny blieb stehen. Sofort drang das rasante *Tipp-tipp-tipp* von fliegenden Fingern auf einer Laptoptastatur an ihr Ohr.

Sie räusperte sich hörbar. »Ich glaube, mit ›Bettruhe‹ meinen die Ärzte etwas anderes, Onkel Albert.«

Das Tippen verstummte. Einen Augenblick später schwang das fliegende Bett lautlos herum, wobei es in eine ansatzweise waagerechte Position zurückglitt. Onkel Albert wurde sichtbar, halb begraben unter dicken weißen Daunendecken, einen altmodischen Eisbeutel auf der Stirn. Auf seinem Schoß lag nicht bloß ein Laptop, sondern gleich zwei, die aufwendig miteinander verkabelt waren.

»Jenny, mein Kind«, rief der Erfinder erfreut. Mit der Rechten betätigte er einen kleinen Joystick neben der Matratze, und das Bett schoss nach vorne.

Erschrocken hüpfte Jenny zur Seite. Das Bett krachte gegen die Wand, prallte zurück und landete mit einem lauten *BROCH* auf dem Boden. Verdattert starrte der Professor das Loch an, das das stählerne Bettgestell in den Putz geschlagen hatte. Dann hantierte er mit dem Joystick, das Bett erhob sich wieder in die Luft – langsamer diesmal –, und Jenny konnte ihren Onkel zur Begrüßung umarmen.

Als sie von ihm abließ, musterte Onkel Albert sie kurz irritiert. Möglicherweise fragte er sich, ob seine Nichte schon immer orangefarbene Haare gehabt hatte. Zu welchem Schluss er auch kam, er verlor kein Wort darüber. Jenny hatte nichts anderes erwartet. Onkel Albert ließ grundsätzlich jeden sein Ding machen, ohne sich einzumischen.

Ohne Vorwarnung brach der Professor in einen dröhnenden Niesanfall aus. Auf dem Boden fiel Sudoku mit freudigem Gekläffe in den Lärmausbruch ein.

»Ach du dickes Bohnenmus!«, sagte Jenny mitfühlend. »Dich hat's ja ganz schön erwischt, Onkel Albert. Erkältung?«

»Erfindergrippe!« Der Professor zückte ein Taschentuch und putzte sich umständlich die Nase.

»Erfindergrippe?«

Er nickte gewichtig. »Eine Krankheit, die ich selbst entdeckt und erstmals wissenschaftlich beschrieben habe.«

Jenny schmunzelte. Sie nahm ihrem Onkel den Eisbeutel von der Stirn und fühlte seine Temperatur. Wie erwartet, war sie kaum höher als normal. Onkel Albert hatte eine dicke Erkältung mit leicht erhöhter Temperatur, das war alles.

»Erfindergrippe tritt nur alle drei Jahre auf, gewöhnlich in Phasen erhöhter Kreativität und Hektik.« Onkel Albert deutete entschuldigend auf die beiden Laptops. »Und im Stress bin ich … leider. Die Nachfrage nach nützlichen Erfindungen ist größer denn je!« Er seufzte. »Der lautlose Schlagbohrer mit Batteriebetrieb sollte eigentlich schon vergangene Woche fertig sein, und die Nationalbank erwartet das absolut fälschungssichere Wasserzeichen aus Kryptonit am kommenden Montag.«

Jenny schüttelte den Kopf und klappte die beiden Rechner entschieden zu. »Montag ist Feiertag«, erklärte sie. »Du machst jetzt erst mal Pause und schläfst dich gesund! Wenn man sich nicht anständig auskuriert, kann sich so eine Erkältung unangenehm lang hinziehen.«

»Ich habe keine Erkältung«, beharrte der Professor. »Die Erfindergrippe ist drei Jahre lang im Anzug, bleibt drei Tage und verflüchtigt sich innerhalb eines weiteren Tages wieder.«

»Aha.«

Er nickte erneut. »So war es vor drei Jahren auch. Und vor sechs, wenn mich meine Aufzeichnungen nicht trügen. Da ich bereits seit Mitte der Woche niese und huste, ist mit an Sicherheit grenzender Wahrscheinlichkeit davon auszugehen, dass ich morgen wieder in alter Frische meiner Arbeit nachgehen kann. Und bis dahin ...«

»Bis dahin werde ich für dich sorgen und aufpassen, dass du zur Abwechslung mal *nicht* arbeitest, sondern dich ein bisschen erholst.« Jenny klemmte sich demonstrativ die Laptops unter den Arm.

»Aber das ist nicht nötig, Kind!« Mit flehendem Blick starrte der Professor den Computern nach. »Versteh mich nicht falsch ... Ich freue mich außerordentlich, dass du mich besuchen kommst. Aber für mein körperliches Wohlergehen kann doch auch Rammboldt sorgen.« Er deutete in eine Ecke des Schlafzimmers, wo eine plumpe, entfernt menschenähnliche Gestalt emporragte.

Als Rammboldt seinen Namen hörte, blinkten mehrere Lämpchen unter der fußballgroßen gläsernen Halbkugel auf, die er anstelle eines Kopfes auf dem tonnenförmigen Rumpf trug.

»*Bliep*«, sagte Rammboldt.

Jenny seufzte. Rammboldt war eine von Professor Tuffhäusers ältesten Erfindungen. Er war ein Roboter, der in einem gewissen Rahmen eigenmächtig handeln konnte, von der Art, wie sie in altmodischen Science-Fiction-Filmen gern vorkamen. Rammboldts Problem war jedoch zum einen, dass er nicht sonderlich intelligent war. Sudoku beispielsweise stellte sich viel gewitzter an, wenn er auf eigene Faust ein Problem lösen musste. Darüber hinaus wog Rammboldt so viel wie eine Luxuslimousine und war ungefähr genauso wendig. Letzteres schränkte seine Nützlichkeit innerhalb des Hauses ziemlich ein.

»Ein Roboter soll dich gesund pflegen?«, wiederholte Jenny skeptisch.

»Rammboldt ist sehr fürsorglich. Er kocht mir Tee.« Onkel Albert zeigte auf zwei Dutzend Teetassen mit eingetrockneten Rändern, die überall auf dem Boden des Zimmers verteilt waren.

»Wahnsinn.« Jenny grinste. »Vom Abspülen hält er dagegen nicht so viel, wie?«

»Abspülen? Ach so, ich verstehe.« Der Professor schnipste mit den Fingern. »Rammboldt? Tassen spülen!«

»*Bliep*«, sagte Rammboldt und setzte sich in Bewegung.

Statt Beinen hatte Professor Tuffhäuser den Roboter mit Laufketten aus Stahl ausgestattet, die noch ein ganzes Stück breiter waren als sein ohnehin riesenhafter Körper. Bevor Rammboldt einer der Tassen auch nur nahe genug kam, um sie mit einem seiner Teleskoparme aufzuheben, hatten die breiten Metallketten das Geschirr bereits zu einem Haufen feiner Scherben zermalmt. Sudoku jaulte entsetzt auf und ging hinter Jennys Beinen in Deckung.

»*Bliep?*«

»Ich gebe zu, für komplexe Aufgaben mangelt es Rammboldt vielleicht ein wenig an Fingerspitzengefühl«, gab Professor Tuffhäuser zu.

»Und *das da* ist alles, was du zu essen bekommst?« Jenny deutete ungläubig auf diverse zerknüllte Tüten eines Hamburgerladens.

»Na ja …« Der Professor räusperte sich. »Im Schnellimbiss um die Ecke kennen sie Rammboldt und ergreifen nicht schreiend die Flucht, wenn er kommt. In andere Läden traue ich mich nicht, ihn zu schicken.«

Kopfschüttelnd bückte sich Jenny und sammelte die intakten Teetassen auf. »Ich sage dir jetzt, was wir machen, Onkel Albert: Ich gehe runter, spüle das Geschirr und setze frischen Tee auf. Anschließend kaufe ich ein, und heute Abend mache ich dir was Ordentliches zu essen. Von Fast Food ist noch niemand gesund geworden!«

»Ich …«

»*Du* ruhst dich in der Zwischenzeit aus, verstanden? Neue Erfindungen werden erst gemacht, wenn du aufgehört hast, mit deinen Niesern die Scheiben zum Klirren zu bringen. Und Rammboldt fährt brav in die Abstellkammer und deaktiviert sich, bis du wieder auf den Beinen bist.«

»Zu Befehl, Frau General.« Seufzend ließ sich Professor Tuffhäuser in die Kissen zurücksinken.

Jenny wandte sich ab. Aus dem Augenwinkel sah sie aber noch, dass sich ein glückliches Lächeln auf dem Gesicht ihres Onkels ausgebreitet hatte. Auch ein genialer Erfinder wusste es zu schätzen, wenn sich jemand um ihn kümmerte – ganz besonders, wenn der Jemand kein tonnenschwerer Koloss aus Schrauben und Stahl war.

Das Labor

Nach dem Abendessen inspizierte Jenny das Haus. Wie sich zeigte, war Rammboldt ein ausgesprochen nachlässiger Hausdiener. In der Küche gab es mehr zerdeppertes Geschirr als heiles, und die paar Teller, die es noch nicht erwischt hatte, waren verkrustet mit Essensresten.

In den anderen Zimmern sah es kaum besser aus. Überall lag getragene Erfinderwäsche auf dem Boden, benutzte Teetassen standen auf jedem freien Fleck, und die Möbel waren von einer dicken Staubschicht bedeckt. Der einzige Raum, in dem es halbwegs ordentlich zuging, war die kleine Kammer ganz oben unter dem Dach, die ein früherer Besitzer des Hauses zum Gästezimmer ausgebaut hatte. Sie war Jennys Reich, wenn sie übers Wochenende zu Besuch kam.

Jenny wusste, dass ihr Onkel nichts für das Chaos konnte. Er war rund um die Uhr tief in Gedanken versunken, arbeitete im Kopf schon an der nächsten und übernächsten Erfindung. Genies waren nun mal so, man konnte ihnen keinen Vorwurf machen.

Seufzend schleppte Jenny das dreckige Geschirr ins Bad, füllte die Badewanne mit heißem Wasser und Spüli und weichte alles ein. Aus dem Kamin im Wohnzimmer besorgte sie sich einen Schürhaken und sammelte damit im ganzen Haus Unterhosen, Socken und andere Kleidungsstücke ein, die sie anschließend in Onkel Alberts selbst konstruierte Turbowaschmaschine mit eingebautem Trockner und Zusammenlegvorrichtung warf. Sie wischte den Boden und riss sämtliche Fenster auf, um den muffigen Oma-Geruch zu vertreiben, der oft in alten Häusern herrschte, die zu selten gelüftet werden.

Als sie mit allem fertig war, sah sie erneut nach dem kranken Erfinder.

Onkel Albert hatte die Hühnersuppe, die Jenny ihm gekocht hatte, brav aufgegessen und schnarchte jetzt durch seine verstopfte Nase friedlich vor sich hin.

Zufrieden kehrte Jenny ins Erdgeschoss zurück. Obwohl es Spätsommer und überhaupt nicht kalt war, entfachte sie ein Feuer im Kamin. Sie fand die Feuerstelle mit dem breiten Marmorsims einfach cool – in dem engen Reihenhaus ihrer Eltern gab es keinen Kamin. Dann fläzte sie sich mit Sudoku in das riesige durchgesessene Ledersofa und schaltete die Glotze ein.

Professor Tuffhäusers Fernseher war drei Meter breit, zwei Meter hoch und der einzige *echte* 3D-Fernseher der Welt. Er zeigte Bilder nicht auf der Mattscheibe, sondern ließ sie mithilfe eines komplizierten holografischen Projektionsverfahrens frei im Raum entstehen. Ganz ohne 3D-Brille entstand so der Eindruck, die Figuren des Films befänden sich mit dem Zuschauer im selben Zimmer – ein erstaunlicher, zuweilen sogar ein wenig beängstigender Effekt.

Zur Erholung entschied sich Jenny für die hundertste Wiederholung eines alten Gruselfilmklassikers aus den 50er-Jahren. Der Schwarz-Weiß-Film mit seinen Pappkulissen und den übertrieben agierenden Schauspielern hätte ihren Klassenkameraden vermutlich nur ein müdes Gähnen entlockt. Jenny jedoch amüsierte sich prächtig. Sudoku allerdings gruselte sich so sehr, dass er sich irgendwann winselnd unter dem Sofa verkroch.

Kurz vor Mitternacht legte Jenny sich schlafen.

Am folgenden Morgen ging es Onkel Albert ein wenig besser. Er hustete nicht mehr so schrecklich, dafür war seine Temperatur leicht gestiegen, was darauf hindeutete, dass sein Körper sich gegen die »Erfindergrippe« wehrte. Jenny machte ihm Frühstück, dann radelte sie in die Innenstadt und besorgte in einer Apotheke ein Mittel gegen Erkältung sowie ein Vitaminpräparat, um den Heilungsprozess zu beschleunigen.

Professor Tuffhäuser schluckte alles ergeben. »Du bist ein gutes Mädchen, Jenny«, sagte er. »Ich bin froh, dass du da bist.« Er runzelte die Stirn. »Aber willst du wirklich das ganze Wochenende bleiben? Ich fürchte, ich bin kein sonderlich unterhaltsamer Gastgeber, wenn ich krank bin. Du wirst dich bestimmt langweilen!«

Jenny schüttelte grinsend den Kopf. »Das ist kein Problem, Onkel Albert. Ich hatte sowieso nichts Besseres vor. Und in einem Haus wie deinem könnte sich höchstens ein Toter langweilen.«

Der Professor musterte sie noch einen Moment länger, dann schloss er die Augen. »Dann bin ich beruhigt. Halte dich im Haus auf, wo du magst. Auch der Garten steht zu deiner Verfügung. Lediglich das Labor …«

»Ich weiß, ich weiß.« Jenny nickte genervt. Diese Litanei hatte sie schon Dutzende Male zu hören bekommen. »Das Labor nach Möglichkeit nicht betreten«, wiederholte sie in leierndem Tonfall. »Falls doch, nichts anfassen. Und auf keinen, keinen, *keinen* Fall irgendwelche Schalter betätigen, Knöpfe drücken oder Stecker in Buchsen stecken.« Sie feixte. »Ich bin kein kleines Kind mehr, falls du das vergessen hast.«

Onkel Albert öffnete ein Auge halb, musterte Jennys orangefarbenes Haar und grinste verschmitzt. »Das habe ich keineswegs. Aber selbst bei Erwachsenen schadet eine kleine Erinnerung nicht, wenn es um derart ...« Ein löwenartiges Gähnen beendete seinen Satz vorzeitig. Das Medikament, das Jenny besorgt hatte, machte offenbar ziemlich müde. Der Professor schloss die Augen, und wenige Augenblicke später verriet das altbekannte Schnorcheln, dass der geniale Erfinder von Neuem eingeschlafen war.

Jenny räumte das Frühstückstablett ab und ging nach unten. Bereits auf der rollenden Steintreppe wurde Sudoku unruhig und begann, leise zu winseln.

»Du musst raus, was?« Jenny bedauerte, dass sie Sudoku nicht auf ihren morgendlichen Abstecher in die City mitgenommen hatte. Sie hatte wenig Lust, mit ihm spazieren zu gehen. In dem Vorort, in dem Onkel Albert wohnte, gab es keinerlei Geschäfte, rein gar nichts außer alten Häusern. Es war sterbenslangweilig, hier herumzustrolchen. Außerdem würde sie dann schon wieder über die blöden Steinfliesen hüpfen müssen, diesmal sogar mit einem Hund auf dem Arm.

Jenny beschloss, Sudoku sein Geschäft im Garten verrichten zu lassen.

Der Garten hinter dem Anwesen musste früher einmal ein richtiger Park gewesen sein. Mittlerweile war er hoffnungslos verwildert, von den gekiesten Wegen und Marmorstatuen, die Jenny auf alten Fotos gesehen hatte, war unter einer dicken Schicht aus Efeu und Unkraut schon lange nichts mehr zu sehen. Aus Angst vor Einbrechern hatte Onkel Albert die Krone der hohen Mauer, die das ganze Grundstück umgab, mit extrastarken Pressluftpatronen versehen. Registrierten deren Drucksensoren eine Bewegung, schossen schwere, mit Sand gefüllte Boxhandschuhe in die Höhe und schlugen jeden Eindringling zuverlässig k. o., sei er noch so kräftig. Zuweilen reichte es schon, wenn eine besonders fette Taube dort oben Platz nahm. In einem solchen Fall sausten Vogel und Boxhandschuh in hohem Bogen davon, ersterer piepsend und zeternd, letzterer auf Nimmerwiedersehen, und Professor Tuffhäuser musste mit einer Leiter auf die Mauer klettern und die Vorrichtung nachladen.

Der einzige Zugang zum Garten führte durch Onkel Alberts Labor. Früher hatte es noch einen zweiten gegeben, von der Speisekammer hinter der Küche aus. Er existierte nicht mehr, seit der Professor versucht hatte, besagte Kammer in einen Unterdruck-Kühlraum zum Schockfrosten von Lebensmitteln umzubauen. Eine Explosion in der Testphase hatte den kompletten Vorratsraum zum Einsturz gebracht, die Tür zwischen Trümmerfeld und Küche hatte der Erfinder daraufhin kurzerhand zugemauert.

Jenny folgte Sudoku, der ihre Absicht erraten hatte und begeistert vorauswetzte, ins Labor.

Das Labor lag im hinteren Gebäudeflügel. Es war der größte Raum des Hauses, eine achteckige Halle mit einer hohen Kuppeldecke aus Kristallglas. Auch die zum Garten gelegene Seite war komplett verglast. Durch die Scheiben konnte man kniehohes Gras und riesige, efeuumrankte Bäume erkennen. Jenny vermutete, dass der Erbauer des Hauses diesen Teil einst als Gewächshaus oder Wintergarten genutzt hatte. Heute erinnerte nichts mehr an den einstigen Verwendungszweck. An den Wänden lehnten Maschinenteile, Gestänge und Rohre aller Art, auf Werkbänken und Arbeitstischen türmten sich Schweißgeräte, Werkzeug, Konstruktionszeichnungen und Dutzende leere Teetassen. Dazwischen blinkten und piepten nicht weniger als neun Computer und Laptops. Jeder einzelne war von Onkel Albert modifiziert und umgebaut worden. Die Gesamtrechenleistung des Systems, so hatte er Jenny einmal erklärt, reichte aus, um ein unbemanntes Raumschiff an den Rand des Sonnensystems und wieder zurück zu steuern. Die PCs liefen 24 Stunden am Tag. Onkel Albert hatte einen Teil ihrer enormen Power der Regierung zur Verfügung gestellt, die mit ihrer Hilfe das Internet nach Spuren von Terroristen und das Weltall nach Spuren außerirdischen Lebens durchkämmte.

Sudoku war bereits vor der Glastür angekommen, die hinaus ins Freie führte. Wie die meisten Türen in Professor Tuffhäusers Haus war sie mit einem bewegungsgesteuerten Öffnungsmechanismus ausgestattet. Der Wasserhund war jedoch zu klein, um den Infrarotsensor auszulösen. Die Tür blieb geschlossen.

Jenny bahnte sich einen Weg zu ihm, vorbei an runden Satellitenantennen, über Knäuel elektrischer Kabel hinweg. Einige der Maschinen, die sie im Vorbeigehen sah, kannte sie von früheren Besuchen, andere waren ihr völlig neu. Gemeinsam war allen Apparaten, egal ob fertiggestellt oder erst halb zusammengebaut, dass man keinem seinen Verwendungszweck auf den ersten Blick ansehen konnte.

Kaum näherte sich Jenny der Glastür, da glitt sie auch schon auf. Mit einem erleichterten Jaulen schoss Sudoku hinaus. Damit die Tür sich nicht sofort wieder schloss, blieb Jenny stehen, wo sie war, und vertrieb sich die Zeit damit, zu erraten, wozu einige der Maschinen in ihrer Nähe gut sein mochten.

Dieser quadratische Kasten, der wie ein überdimensionaler Toaster aussah, die beiden breiten Schlitze aber nicht oben, sondern an den Seiten hatte? Möglicherweise ein Maniküre-Automat, der einem in Sekundenschnelle die Fingernägel feilte, lackierte und polierte.

Der stählerne Helm mit den langen antennenartigen Auswüchsen, der den Kopf vollständig umschloss und nur die Augen freiließ? Jenny glaubte sich zu erinnern, dass Onkel Albert einmal erwähnt hatte, er arbeite an einem Gerät, das die Sprache der Hunde für Menschen verständlich mache. Ob das dieser Helm war?

Oder die runde stählerne Wanne mit den vier spiralförmigen Füßen, die neben einem Stapel von Onkel Alberts patentierten, auf Zuruf ausfahrenden Leitern mitten im Zimmer stand. Auf den ersten Blick erinnerte sie an eine Badewanne, sogar eine Art Duschkopf schwebte an einem langen Rohr darüber, ein nach unten offener Metalltrichter mit einer spitzen Antenne in der Mitte. Auf dem Rand der Wanne gab es Knöpfe und eine Digitalanzeige. Rätselhaft. Ob Onkel Albert eine Maschine zur vollautomatischen, superschnellen Körperreinigung erfunden hatte?

Während sie noch darüber nachdachte, fiel Jenny das Geschirr wieder ein, das sie am Vorabend im Bad eingeweicht hatte. Mit einem raschen Blick vergewisserte sie sich, dass Sudoku noch immer ausgelassen im kniehohen Gras herumtollte, dann verließ sie das Labor und ging hinüber ins Badezimmer.

Das Ergebnis ihres Spülexperiments war ernüchternd. Die Brühe, in der das Geschirr über Nacht gelegen hatte, war zwar bräunlich verfärbt, Fettaugen trieben auf der Oberfläche. Das Geschirr selbst war jedoch nach wie vor erbärmlich dreckig. Jenny kratzte mit dem Fingernagel an einem Marmeladenrest, der vermutlich schon seit dem Jahr ihrer Geburt an einem der Teller klebte. Nicht ein Krümel davon ließ sich lösen.

Stöhnend ließ sie den Teller zurück ins Wasser gleiten. Wieso besaß ein Mann wie Professor Tuffhäuser auch keine Spülmaschine?

Auf dem Rückweg durch den Flur kam sie an der offenen Küchentür vorbei. Ein Blick hinein, und die Frage beantwortete sich von selbst.

Onkel Albert besaß *sehr wohl* eine Spülmaschine – eine, die er selbst gebaut hatte und die Verunreinigungen mittels Ultrakurzwellen vom Porzellan sprengen sollte. Das außergewöhnliche Konzept funktionierte sogar. Als Professor Tuffhäuser die Maschine jedoch das erste – und einzige – Mal in Betrieb genommen hatte, waren im gesamten Stadtviertel die Fensterscheiben geplatzt, und die Festplatten sämtlicher PCs im Radius von fast einem Kilometer waren unwiederbringlich gelöscht worden. Es gab eine polizeiliche Untersuchung, und seither klebte ein rotes Siegel der Stadtverwaltung auf der Maschine, das strengstens verbot, sie jemals wieder einzuschalten.

Jenny kehrte in die Werkstatt zurück. Als ihr Blick auf all die verdreckten Teetassen fiel, die auch hier überall herumstanden, packte sie der Ehrgeiz. *Ich bin die Nichte eines genialen Erfinders*, dachte sie. *Wäre doch gelacht, wenn ich ein paar schmutzige Tassen und Teller nicht sauber bekäme!*

Mit in die Hüften gestemmten Händen sah sie sich um. Irgendwo in diesem Gerümpel musste es etwas geben, das einem beim Beseitigen von Dreck behilflich sein konnte. Vielleicht das Ding, das aussah wie ein Lasergewehr aus einem japanischen Anime-Film? Nein, zu gefährlich.

Der Metallkasten, der aussah wie ein Mikrowellenherd? Jenny ging hin und öffnete die Glastür auf der Vorderseite. Im Innern kamen etwa 500 spitze Nadeln zum Vorschein, die alle auf einen kaum fingerkuppengroßen Freiraum in der Mitte zielten. Da passte nicht mal ein einzelner Teelöffel hinein.

Jenny schlug die Tür wieder zu und ließ ihren Blick grübelnd über die unbekannten Maschinen und Apparate schweifen. Plötzlich hielt sie inne.

Die komische Wanne mit dem Trichter drüber!

Neugierig näherte sie sich dem Gerät. Aus der Nähe sah das Ding noch mehr wie ein Badezuber aus, nur eben ein bisschen futuristischer. Der stählerne Behälter war kniehoch und groß genug, um in einer einzigen Ladung Professor Tuffhäusers ganzes Geschirr aufzunehmen.

Nichts anfassen!, ertönte auf einmal die Stimme von Onkel Albert hinter ihrer Stirn. *Auf keinen, keinen, keinen Fall irgendwelche Schalter betätigen.*

»Schon gut«, murmelte Jenny. »Ich fasse ja nichts an.« Mit gerunzelter Stirn schritt sie einmal um die Wanne herum.

Die Bedienelemente wirkten auf den ersten Blick verwirrend, aber das lag wahrscheinlich nur an Onkel Alberts verquerer Art zu denken. Der Ein-/Aus-Schalter zum Beispiel befand sich nicht gut sichtbar am Rand, er saß versteckt zwischen diversen anderen Reglern, außerdem war er einer der kleinsten.

Keine Knöpfe drücken oder Stecker in Buchsen stecken!

Ein Kabel führte von der Unterseite der Wanne in gerader Linie zu einer handelsüblichen Steckdose in der nächsten Wand. Das letzte Verbot würde Jenny schon mal nicht übertreten müssen.

Den meisten Platz am Rand der Wanne nahm die große Digitalanzeige ein. Falls es sich wirklich um eine Art Waschmaschine handelte, ließ sich hier wahrscheinlich die Reinigungsstärke einstellen.

Jenny sah sich verstohlen in alle Richtungen um, dann betätigte sie kurzerhand den Ein-Schalter. Ein leises Summen ertönte, nicht lauter, als wenn ein Laptop hochfuhr. Ein orangefarbenes Birnchen begann zu leuchten, und schließlich wurde die Digitalanzeige hell.

In großen eckigen Ziffern stand da: 2000.

Die Anzeige gab offenbar tatsächlich die Stärke von irgendetwas wieder. Jenny verengte die Augen und entdeckte direkt daneben einen runden Drehregler.

Auf keinen Fall irgendwelche Knöpfe drücken!

»Drehen ist nicht Drücken!« Grinsend drehte Jenny das Rädchen ein wenig nach links. Die Zahl auf der Anzeige wuchs in Fünfzigerschritten:

2050.

2100.

2150.

2200.

Jenny drehte kräftiger. Die Abstände wurden größer.

3000.

4000.

5000.

Sie drehte noch stärker.

10 000.

20 000 …

Als die Anzeige bei 100 000 ankam, ließ Jenny den Regler los. Die Ziffern stoppten.

»Cool«, fand sie. »Reinigen mit 100 000 Was-auch-immer. Klingt stark!«

Auf keinen, keinen, keinen Fall …

Jenny schüttelte den Kopf, um die mahnende Stimme hinter ihrer Stirn zum Verstummen zu bringen. Wozu die übertriebene Vorsicht? Immerhin war sie schon dreizehn, und von technischen Dingen verstand sie für ihr Alter eine ganze Menge. Als ihrem Vater neulich der Computer abgestürzt war, hatte Jenny ihm gezeigt, wie er das Betriebssystem neu installieren musste. Der Rechner war anschließend schneller gelaufen als je zuvor.

Natürlich würde sie kein Risiko eingehen. Bevor sie der Wanne Onkel Alberts ganzen Geschirrvorrat anvertraute, würde sie erst mal einen Testlauf machen.

Von einer Werkbank schnappte sie sich eine Teetasse, deren Innenleben aussah, als hätte jemand darin flüssigen Teer aufgekocht. Und wer wusste schon, ob Onkel Albert nicht genau das getan hatte? Bei Genies wusste man schließlich nie. Vorsichtig stellte Jenny die Tasse auf den Boden der Wanne, genau in die Mitte. Dann widmete sie sich den Knöpfen.

»100 000 Was-auch-immer. So weit super.«

Sie fand einen Knopf, unter dem ein Stück Klebeband angebracht war. Mit schwarzem Edding hatte Onkel Albert das Wort BEAM auf das Band gekritzelt. Das klang gut. Beamen, das kannte Jenny aus Science-Fiction-Serien im Fernsehen.

Sie beschloss, einen Versuch zu wagen. Im schlimmsten Fall ging die Tasse eben kaputt. Oder sie wurde weggebeamt und tauchte an einem Ort 100 000 Kilometer entfernt von hier wieder auf. In beiden Fällen würde die Welt davon nicht untergehen, und Onkel Albert würde nie etwas davon erfahren. Hatte Jenny dagegen Glück, würde die Tasse mit der Energie von 100 000 Was-auch-immer gereinigt. Jenny würde den Riesenhaufen Geschirr rüberholen und ihn ohne viel Aufwand im Handumdrehen wieder blitzblank kriegen. Onkel Albert würde Augen machen!

Auf keinen, keinen, keinen Fall …

Jenny drückte auf BEAM.

Schlagartig begann die Maschine zu dröhnen wie ein Flugzeugtriebwerk vor dem Start. Im selben Moment flammte oben, in dem kopfüber hängenden Metalltrichter, ein grelles Licht auf.

Jenny war auf der Hut. Sie hatte mit irgendeiner unvorhergesehenen Reaktion gerechnet und ging rasch hinter einem Stapel Metallrohre in Deckung. Von dort beobachtete sie mit angehaltenem Atem, was weiter geschah.

Die Helligkeit im Trichter nahm zu, bis Jenny wegsehen musste, weil ihre Augen zu schmerzen begannen. Woher kam dieses Licht? In dem Metallschirm waren keine Glühbirnen oder etwas Ähnliches gewesen.

Das Dröhnen wurde lauter. Die Maschine vibrierte nun merklich. Ein metallisches Rasseln war zu hören. Bestimmt die Teetasse, die auf dem Boden der Wanne herumhüpfte.

Ohne Vorwarnung ballte sich das Licht in der Mitte des Trichters zusammen und schoss in einem unvorstellbar grellen Strahl an der Metalllanze entlang abwärts. Ein dumpfes *WUUUUUSCH* ließ das Labor erbeben, dann war es schlagartig wieder ganz still.

Jenny blinzelte. Obwohl sie nicht direkt in die Lichtquelle gesehen hatte, war sie geblendet. Die Umrisse der Werkstatt erschienen ihr verschwommen, als blicke sie durch eine fettverschmierte Scheibe. Bunte Sterne tanzten vor ihren Augen.

Soweit sie durch die wabernden Schlieren erkennen konnte, sah im Labor alles aus wie vorher: die Maschinenteile, die komischen Apparate, das Gerümpel auf dem Boden, die großen Fensterscheiben, durch die man hinaus in den Garten sehen konnte … Alles wirkte unverändert.

Ob die merkwürdige Lichtdusche die dunklen Ränder in der Tasse beseitigt hatte? Jenny richtete sich hinter dem Rohrstapel auf, um es herauszufinden – und erstarrte mitten in der Bewegung.

Im Labor war keineswegs alles wie zuvor.

In der stählernen Wanne stand etwas!

Eine haarige Sache

Irritiert rieb sich Jenny die Augen. Verflixt, warum konnte sie auch nicht scharf sehen?

In der Mitte des stählernen Trogs ragte etwas in die Höhe, das zuvor nicht da gewesen war. Etwas Großes, Braunes … mehr konnte Jenny nicht erkennen, sie nahm lediglich einen verwaschenen, dunklen Fleck wahr.

Ob der Energiestrahl die Teetasse vielleicht um ein Vielfaches vergrößert hatte? Das war durchaus denkbar. Allerdings war die Tasse nicht braun, sondern weiß gewesen, davon abgesehen …

Davon abgesehen *bewegte* sich das Ding!

Hastig ging Jenny wieder hinter den Rohren in Deckung. Sie schloss die Augen, zählte lautlos bis zehn und öffnete sie wieder. Endlich wurde ihre Sicht klarer. Mit angehaltenem Atem schob sie die Nasenspitze über die Kuppe des Rohrhaufens und spähte zur Maschine.

Das Ding in der Wanne war etwas größer als Jenny und mindestens dreimal so breit. Zottiges Haar bedeckte einen massigen, vornüber gebeugten Körper. Es war allerdings kein durchgehender Pelz wie bei einem Bären; zwischen den Haarsträhnen schimmerte lederartige, bräunliche Haut hindurch.

Jenny schluckte. Was hatte sie bloß angestellt? Hatte die Maschine einen Affen aus dem städtischen Zoo in Onkel Alberts Labor teleportiert? Ihr wurde abwechselnd heiß und kalt, als sie sich ausmalte, welchen Ärger sie kriegen würde, wenn die Sache herauskam – mit Onkel Albert, mit dem Zoo, mit …

»Orrrl?«

Jenny zuckte zusammen. Der Affe – oder was es sonst war – hatte *gesprochen.*

Verblüfft starrte sie zu der Metallwanne hinüber. Ihre Augen hatten sich jetzt vollständig von dem Blitz erholt, sie sah wieder scharf wie eh und je.

Das Ding hatte sich halb zu ihr umgedreht. Jenny konnte einen Teil des Kopfes erkennen, der zuvor vom muskulösen Buckel des Wesens verdeckt gewesen war. Sie sah einen massigen Kopf mit fliehender Stirn, eine flachgedrückte Nase und eine vorspringende, von dichtem Bart umgebene Mundpartie. Ein Schopf langer, verfilzter Haare hing dem Wesen in die Stirn, verdeckte teilweise die Augen. In der Rechten hielt es einen klobigen Gegenstand, etwa einen Meter lang und dick wie ein Arm. Es schien sich um einen primitiven Knüppel zu handeln, eine Art Keule. In der oberen Hälfte steckten spitze Steinchen.

Das war nie im Leben ein Affe! Aber was in aller Welt war es dann?

»Morrrlo wooo?« Das Ding grunzte und begann, umständlich aus der Wanne zu klettern, wobei es Jenny ein breites, haariges Hinterteil präsentierte.

Schlagartig fiel bei ihr der Groschen: ein Neandertaler – es musste sich um einen Urmenschen aus der Steinzeit handeln! Onkel Albert hatte einen Zeittransporter erfunden, und die Zahl, die Jenny eingestellt hatte, war nichts anderes als der Abstand zur Gegenwart gewesen: 100 000 Jahre in der Vergangenheit. Das war doch die Zeit, als Urmenschen die Erde bevölkert hatten, oder?

»Orrr ...« Das Wesen hatte die Wanne verlassen und stand nun mitten in der Werkstatt. Mit der freien Hand strich es sich die Haare aus der niedrigen Stirn. Braune Schweinsäuglein kamen zum Vorschein, die verwirrt hierhin und dorthin stierten. Es hatte Jenny in ihrem Versteck noch nicht bemerkt.

Ach du dickes Bohnenmus, dachte Jenny und biss sich auf die Unterlippe. Was jetzt?

Der Neandertaler war nach heutigen Verhältnissen zwar nicht unbedingt ein Riese, sein gedrungener Körperbau und die dicken Arme, die fast bis auf den Boden reichten, ließen aber vermuten, dass er Kräfte besaß wie ein ausgewachsener Gorilla. Wie sollte Jenny dieses Monstrum dazu bringen, zurück in die Wanne zu steigen und sich nach Hause in seine Zeit zurückbeamen zu lassen? War das überhaupt möglich? Was, wenn Onkel Alberts Zeittransporter nur in eine Richtung funktionierte? Jenny wollte es sich lieber nicht vorstellen.

»Morrr!« Der Urmensch schien etwas entdeckt zu haben, das sein Interesse weckte. Mit tapsenden Schritten latschte er zu einer Werkbank auf der anderen Seite des Labors. Die steingespickte Keule schleifte er nachlässig hinter sich her über den Boden.

Jenny beobachtete ihn angespannt. Was sollte sie tun, falls er auf die Idee kam, das Labor zu verwüsten? Wie sollte sie Onkel Albert erklären, dass jemand seine geliebten Erfindungen zerstört hatte? Jemand, der eigentlich seit zigtausend Jahren ausgestorben sein sollte und gar nicht hier sein dürfte.

Gegen ihren Willen starrte sie erneut den haarigen Hintern des Höhlenmenschen an. Hatten Neandertaler nicht angeblich Kleidung aus Leder und Tierfellen getragen? Jenny erinnerte sich, dass im Geschichtsunterricht davon die Rede gewesen war. Sie nahm sich vor, Lehrer Fleischmaurer bei nächster Gelegenheit auf seinen Irrtum hinzuweisen.

Falls es eine nächste Gelegenheit geben würde!

»Mmm ... orrr?« Der Neandertaler hatte vor der Werkbank gestoppt. Er warf einen weiteren dümmlichen Blick in die Runde, wiederum ohne Jenny in ihrem Versteck zu bemerken, ließ die Keule fallen und grapschte mit beiden Händen nach etwas, das inmitten von Werkzeug vor ihm auf der Arbeitsplatte lag.

Als er seine Beute in die Höhe hob, erkannte Jenny, worum es sich handelte: Es war ein silbrig glänzender Apfel von der Größe einer Kokosnuss, ein Gerät, das Onkel Albert vor Jahren gebastelt hatte, weil Jenny als kleines Kind so gern Apfelschnitzen aß. Legte man einen Apfel hinein, wurde er binnen weniger Augenblicke säuberlich geschält, entkernt und kam auf der Rückseite in gleichmäßig großen Stückchen wieder heraus. Da Onkel Albert auch diese Erfindung irgendwann einmal an eine große Firma verkaufen wollte, hatte er dem Küchenhelfer äußerlich die Form eines Apfels verliehen.

Genau diese Form schien es dem Steinzeitmenschen angetan zu haben. Möglicherweise gab es in der Zeit, aus der er kam, ebenfalls Äpfel, bestimmt sogar. Und ganz offenbar *mochte* er Äpfel. Seine

Pranken fuhren in die Höhe. Jenny sah, wie sein bärtiger Mund sich öffnete, weit, noch weiter …

Knnnrrrrrsch!

Verdutzt schielte der Neandertaler zu dem silbernen Apfel hinunter, der jetzt zwischen seinen Kiefern steckte und sich weigerte, unter dem Druck seiner Zähne nachzugeben – kein Wunder, er bestand schließlich aus rostfreiem Edelstahl.

Jenny sah, wie der Urmensch die Augen zusammenkniff, fester zubiss. Seine Kiefermuskeln traten wie dicke Taue hervor.

»Pfffooohhh!« Mit einem angewiderten Geräusch spuckte der Urmensch den Metallapfel aus. Seine pferdeartigen Zähne mussten ausgesprochen stabil sein, sie hatten den Einsatz als Möchtegernschrottpresse ohne Schaden überstanden.

Der Neandertaler drehte sich um und durchquerte hopsend, mit schlenkernden Armen, die Werkstatt. Jenny duckte sich tiefer hinter die Rohre. Was würde passieren, wenn das Urvieh sie entdeckte?

Für den Moment schien allerdings etwas anderes die Aufmerksamkeit des haarigen Besuchers erregt zu haben. Er stand jetzt vor dem Kleiderständer, an dem Onkel Albert gewöhnlich seine Laborkittel aufhängte. Heute hing noch ein anderes Kleidungsstück breit aufgefächert über der Krone: ein bodenlanger Pelzmantel aus unregelmäßig braunem Fell. Der Himmel wusste, wozu der Erfinder ihn sich besorgt hatte, zweifellos hatte er irgendetwas Verrücktes damit vor.

»Orrr-lo?« Der Urmensch legte den Kopf schief. »Morrrlo orrr lorrr-mo. Orrrl?«

Es dauerte einige Augenblicke, bis Jenny begriff. Dann musste sie sich auf die Zunge beißen, um nicht laut zu lachen.

Der Höhlenmensch unterhielt sich mit dem Kleiderständer! Er hielt den hängenden Pelz für einen Artgenossen. Offenbar sah er durch den Vorhang seiner fettigen Haare nicht allzu gut.

»Orrrl? Morrrlo orrr-ooo.«

Er gab nicht auf. Jenny fragte sich, wie lange es dauern würde, bis er begriff, dass er kein lebendes Wesen vor sich hatte.

»Orrr! Mo-mo-orrr!«

Jenny ahnte, dass sie etwas unternehmen musste. Der Steinzeitmensch musste in seine Zeit zurück, irgendwie. Und zwar möglichst, bevor Onkel Albert dahinterkam, dass sie entgegen seinem Verbot an einer der Maschinen herumgespielt hatte. Ein Glück, dass er gerade schlief! Und ein noch größeres Glück, dass sich Sudoku im Garten herumtrieb. Sein Kläffen hätte nicht nur den Professor geweckt, es hätte den haarigen Besucher auch auf seine – und Jennys – Anwesenheit aufmerksam gemacht.

»Mmmnnnorrr!«

Der Neandertaler schien das anhaltende Schweigen seines Gesprächspartners sattzuhaben. Er reckte die platte Nase in die Luft, schnüffelte lautstark, dann trat er einen Schritt vor und stupste den Pelzmantel mit dem Zeigefinger an.

Der Mantel, nur lose über die Spitze des Ständers gehängt, geriet ins Rutschen und fiel zu Boden.

»ORRRRRRRRR!«

Mit einem affenartigen Satz flüchtete sich der Urmensch hinter die nächste Werkbank. Nur sein verfilzter Scheitel ragte noch hinter dem Tisch hervor. Interessiert nahm Jenny zur Kenntnis, dass er zitterte und bebte wie ein Blatt im Wind.

Ziemlich schreckhafter Bursche, dachte sie bei sich. *Lässt sich das vielleicht ausnutzen, um ihn loszuwerden?*

Doch der Neandertaler schien schon wieder vergessen zu haben, dass er sich gerade erschreckt hatte. Mit leerem Blick erhob er sich und hielt auf eine der hohen Glasscheiben zu, die das Labor vom Garten hinter dem Haus trennten.

Bönk!

Verwirrt blieb er stehen. »Lorrr?«

Natürlich kannten Neandertaler kein Glas. Sie wussten nicht, dass man nicht einfach durch eine Scheibe hindurchlatschen konnte. Hätte der Steinzeitmann es ein paar Schritte weiter rechts probiert, bei der Terrassentür, hätte der Bewegungsmelder die Scheibe zur Seite gleiten lassen. Nicht hier. Deswegen war er frontal gegen das Fenster gelaufen, mit der Stirn zuerst.

Verständnislos stierte der Urmensch durch das Glas nach draußen … und latschte prompt wieder los.

Bönk!

»M-lorrr?«

Verdutztes Glotzen. Loslatschen.

Bönk!

»Orrr?«

Bönk!

»Orrrl?«

Bönk!

»Morrr-blorrr?«

Scheint ein bisschen schwer von Begriff zu sein, dachte Jenny. Gleichzeitig war sie heilfroh, dass der Koloss in seiner Verwirrung eher zaghaft zu Werke ging. Die Scheibe bestand aus ganz normalem Glas, und Jenny zweifelte nicht daran, dass er sie mühelos hätte einschlagen können, wenn er es darauf angelegt hätte.

Bönk.

»Orrr.«

Es wurde wirklich Zeit, dass sie etwas unternahm. Bloß was? Jenny legte die Stirn in Falten und dachte scharf nach.

Es dauerte nicht lange, bis sie zu einem niederschmetternden Schluss kam: Es gab nichts, was ein dreizehnjähriges Mädchen tun konnte, um einen ausgewachsenen Neandertaler unter Kontrolle zu bringen. Ihr blieb nichts anderes übrig, als sich still und leise aus dem Labor zu schleichen, Onkel Albert zu wecken und ihm zu gestehen, was sie angestellt hatte. Wenn sie Glück hatte, war er schon wieder kräftig genug, um aufzustehen und mit nach unten zu kommen. Zusammen könnten sie vielleicht …

Plötzlich wurde Jenny bewusst, dass der Neandertaler seine Versuche, durch die Scheibe zu marschieren, eingestellt hatte. Als sie zu ihm rüberschaute, stellte sie fest, dass der haarige Kerl fasziniert auf etwas hinabstarrte, das auf der anderen Seite des Glases hektisch auf und ab sprang und wie verrückt mit dem Schwanz wedelte.

Sudoku!

Der Fellball musste von dem Lärm, den der Urmensch verursacht hatte, angelockt worden sein und kläffte das unerklärliche Wesen aus der Steinzeit jetzt aus Leibeskräften an. Der Grund, dass man im Innern des Labors nichts davon hörte, waren die schallisolierten Scheiben, die Jennys Onkel hatte einbauen lassen, um ungestört arbeiten zu können.

»Orrr-Orrr?«

Oje! Klang das aggressiver als zuvor? Mochten Neandertaler vielleicht keine kleinen Hunde? Gab es dort, woher der Urmensch kam, überhaupt welche?

Patsch!

Der Steinzeitkerl hatte eine behaarte Pranke auf das Glas gelegt und glotzte mit großen Augen nach draußen.

Sudoku musste sofort aufhören, Rabatz zu machen, sonst würde der Neandertaler mir nichts, dir nichts, die Scheibe eindrücken, um hinaus in den Garten zu gelangen. Und war er erst einmal im Freien …

Jenny richtete sich halb auf und gestikulierte stumm in Sudokus Richtung. Sie schwenkte die Arme, um ihm klarzumachen, dass er sich zurückziehen und in den Weiten des Gartens verschwinden sollte.

Tatsächlich hielt Sudoku inne, kaum dass er Jenny bemerkte. Als er begriff, dass sie und das sonderbare haarige Ding sich im selben Raum aufhielten, während *er* draußen bleiben musste, kläffte er jedoch nur umso aufgeregter los. Wie ein Gummiball hüpfte er an der Scheibe empor, wieder und wieder – ein verrückter Anblick, da man nach wie vor nicht das Geringste hören konnte. Jenny war jedoch ganz und gar nicht zum Lachen zumute.

Enttäuscht ließ sie die Arme sinken und wollte eben wieder hinter den Metallrohren in Deckung gehen, als …

»Rrrommm?«

Jenny zuckte zusammen.

Der Höhlenmensch hatte sich umgedreht und starrte sie unter seinem struppigen Pony hervor mit weit aufgerissenen Augen an.

Verständigungsprobleme

Jenny erstarrte. Sekundenlang erwiderte sie den Blick des Urzeitwesens, ohne zu wissen, wie sie reagieren sollte.

Ob ihm klar ist, dass er nichts anhat und man seinen Schniepel sehen kann?, schoss es ihr durch den Kopf. Eine Sekunde später begriff sie, dass solche Dinge einem Neandertaler vermutlich herzlich egal waren. Außerdem hatte sie im Moment andere Probleme.

Der Steinzeitmensch schien ebenfalls unsicher, was er tun sollte. Jenny glaubte, Angst in seinen Schweinsäuglein flackern zu sehen. Aber da war auch noch etwas anderes … Neugier? Seine Rechte tastete suchend neben seiner Hüfte durch die Luft, aber die Keule hatte er bei der Werkbank liegen gelassen.

»Äh … hallo, denke ich.« Jenny hob eine Hand zum Gruß. Etwas anderes fiel ihr nicht ein. Sie hoffte, dass diese Geste auch vor 100 000 Jahren schon als friedlicher Gruß gegolten hatte.

Und wenn nicht? Was, wenn eine erhobene Hand damals etwas völlig anderes bedeutet hatte? Zum Beispiel: »Ich werde dich und alle aus deiner Sippe in kleine Stückchen hacken und auffressen!« Oder: »Du stinkst nach Mammutkacke!«

Jenny spürte, wie ihr der kalte Schweiß ausbrach.

»M…orrr?«, sagte er Urmensch vorsichtig.

»Ja. Ja, genau. Äh … morrr.« Jenny nickte hastig.

Wie verständigte man sich mit jemandem, der eine völlig andere Sprache sprach? Unwillkürlich musste Jenny an die alten Tarzanfilme denken, die sie als kleines Kind zusammen mit ihrem Vater gesehen hatte. Tarzan, der Herr des Dschungels, war als Baby in den Urwäldern Afrikas verloren gegangen und in der Obhut von Tieren aufgewachsen. Als er Jahre später zum ersten Mal in Kontakt mit zivilisierten Menschen kam, gab es logischerweise gewisse Verständigungsprobleme.

Wie hatte es die schöne Jane in den Filmen angestellt, dass Tarzan sie verstand?

»Ich Jenny!« Jenny deutete auf ihre Brust. »Jenny Jeremialas.«

»Omorrrorolos?«

»Okay, vielleicht besser nur Jenny. Jen-ny!«

»On-no?«

»Genau.« Entweder war der Urtyp extrem schwer von Begriff, oder seine Stimmbänder waren nicht für alle Vokale gleich gut geeignet. Egal, wichtig war im Augenblick nur, dass der Neandertaler nicht durchdrehte.

Noch immer starrte das Wesen aus der Vergangenheit Jenny an, als wäre sie ein fliegender Elefant. Ein fliegender *rosa* Elefant. Mit Ballettröckchen.

»Ich bin also Jenny«, wiederholte sie und hob einen Arm, um auf den Urmenschen zu deuten. »Und du? Wie heißt du?«

Als er den ausgestreckten Zeigefinger auf sich zufahren sah, stieß der Neandertaler ein ersticktes Grunzen aus. Er ließ sich flach auf den Boden plumpsen und robbte hinter einer Kiste mit Verlängerungskabeln in Deckung, bis nur noch seine ängstlich bibbernden Fetthaare über den Rand hinausragten.

Jenny seufzte. *So* blöd hatte sich Tarzan nie angestellt! Andererseits hatte es den Herrn des Dschungels auch nicht ohne Vorwarnung in eine fremde Welt verschlagen, in der alles anders war, als er es kannte. So etwas löste bestimmt einen Schock aus, ganz egal, wie viel man in der Birne hatte. Oder wie wenig.

Vorsichtig machte Jenny einen Schritt vorwärts.

»ORRR-ORRR-ORRR!«

»Ja, ja. Schon gut.« Sie blieb stehen. »Ich Jenny. Du?«

»O?«

»Ja, du. Wie heißt du?«

Der Kopf hinter der Kiste wuchs ein paar Zentimeter in die Höhe.

»O?«

»Wie heißt du?«

Der Neandertaler schwieg kurz, so als müsse er überlegen, wie sein Name war. Dann sagte er gedehnt: »Morrrlo.«

»Morlo?«, wiederholte Jenny. »Das ist dein Name? Du Morlo?«

Der Urmensch kam noch weiter nach oben. Jetzt war sein ganzer Kopf zu sehen. »Morrrlo!« Er nickte abgehackt.

»Das, äh … ist ein schöner Name.« Jenny überlegte. Das war doch schon mal was. Ein kleiner Schritt, aber besser als nichts. Sie wusste, wie der Urmensch hieß und dass ein Kopfnicken offenbar auch unter Neandertalern als Zeichen der Zustimmung galt.

Super! Fehlen nur noch ungefähr zwei Millionen andere Wörter, und wir können uns ganz normal unterhalten.

Jenny zwang sich, ruhig zu bleiben. Sie durfte nichts überstürzen.

Morlo hatte das Kinn auf den Rand der Kiste gelegt und beobachtete sie aufmerksam. Jenny fragte sich, ob es tatsächlich schlau war, ihm klarzumachen, dass sie keine Gefahr für ihn darstellte. Was, wenn er sich plötzlich entschloss, sie mit seiner Keule niederzuschlagen und zu verspeisen?

Quatsch! Nach allem, was sie über Neandertaler wusste, waren die Bewohner der Steinzeit keine Kannibalen gewesen. Andererseits hatte sie bereits feststellen müssen, dass Lehrer Fleischmaurers Informationen zu diesem Thema nicht hundertprozentig zuverlässig waren.

»Okay, Morlo …«

Der Steinzeitmensch spitzte die Ohren.

»Wie es aussieht, haben wir ein kleines Problem. Du bist an einem Ort, oder besser: in einer Zeit, in der du nichts zu suchen hast, und ich muss …«

»Orrr-orrr-orrr?«

»Verstehe. Zu viele Worte.« Jenny seufzte erneut. »Du Morlo?«

Morlo nickte begeistert.

»Toll.« Wie sollte sie diesem haarigen Riesenbaby bloß klarmachen, dass er in seine Zeit zurückkehren musste?

Mit einem Mal hatte sie eine Idee. Es gab eine Sprache, die jeder noch so zurückgebliebene Dödel verstand: Bilder.

Sie lief zu dem Arbeitstisch mit dem größten der neun Computermonitore und weckte den zugehörigen PC mit einer Mausbewegung aus dem Ruhemodus. Hinter ihr hörte sie ein Rascheln, als sich ihr Besucher ängstlich wieder hinter seine Kiste duckte. Sie achtete nicht darauf. Mit flinken Fingern öffnete sie den Internetbrowser und startete eine Bildersuche zum Thema »Steinzeit«. Prompt erschien eine Fülle von Motiven auf dem Bildschirm. Jenny überflog sie und entdeckte ein Bild, das ihr geeignet schien. Das holte sie in voller Größe auf den Monitor.

Es war eine Zeichnung, allerdings mit so vielen Details, dass man sie fast für ein Foto halten konnte. Zu sehen war der Eingang einer Höhle. Eine Sippe von rund einem halben Dutzend Neandertalern hockte um eine Feuerstelle und aß.

Auf den ersten Blick ähnelten die Urmenschen auf dem Bild Morlo, allerdings hatten die meisten weniger dicht behaarte Gesichter. Außerdem trugen alle Tierfelle oder lederne Fetzen als Kleidung. Jenny beschloss, dass Herr Fleischmaurer möglicherweise doch recht gehabt hatte. Vielleicht hatte Morlo seine Klamotten zufällig gerade abgelegt, als der Zeittransporter ihn erwischte? Um zu baden oder so.

»Pass mal auf, Morlo …«, begann Jenny, den Blick noch immer auf den Bildschirm gerichtet.

»Orrrf-olllog?«, machte es da ganz dicht neben ihrem Ohr.

Jenny wirbelte herum – und starrte in ein vollbärtiges braunes Neandertalergesicht! Vor Schreck stieß sie einen schrillen Schrei aus und machte einen Satz rückwärts.

Morlo riss die Augen auf, kreischte ebenfalls – hoch und durchdringend wie ein Mädchen – und ging mit einem ungeschickten Hechtsprung unter der Arbeitsplatte in Deckung.

Ihrem eigenen, wild galoppierenden Herzschlag lauschend atmete Jenny tief durch. Kein Grund zur Panik! Morlo hatte beobachtet, was sie am Rechner trieb, und war neugierig herangeschlichen, um einen Blick über ihre Schulter zu werfen. Das war alles.

Im Grunde genau, was Jenny wollte.

»Schön ruhig, Morlo. Alles ist okay. Niemand will dir etwas tun.« Ganz langsam ging sie in die Hocke und warf einen Blick unter den Tisch. Der Höhlenmensch lag bibbernd auf dem Bauch, die spatengroßen Hände schützend über dem Kopf.

»Ich hab mich ein bisschen erschreckt, sonst nix.« Sie richtete sich wieder auf und deutete auf den Computerbildschirm. »Schau dir das Bild ruhig an. Kommt dir das vertraut vor?« Jenny sprach langsam und überdeutlich, wie sie es mit einem Kleinkind getan hätte.

Zwar verstand der Urmensch den Sinn der Worte nicht, der ruhige Ton jedoch zeigte Wirkung. Zögernd kam Morlo unter dem Tisch hervor. Als sein Blick auf den Bildschirm fiel, war seine Vorsicht schlagartig vergessen. Seine Augen weiteten sich, er trat dichter neben Jenny und starrte mit einem merkwürdigen Gesichtsausdruck den Monitor an.

»Zo-hooot«, machte er.

Jenny nickte. »Richtig, das ist dein Zuhause.« Ein strenger Geruch stach ihr in die Nase, eine Mischung aus nassem Hundefell und einem Pausenbrot, das zwei Wochen in der Schultasche vor sich hingegammelt hat. Jenny zwang sich, es zu ignorieren.

»Sieht es bei dir daheim so aus?«

»Zooot …« Fasziniert glotzte der Höhlenmensch auf das Bild.

Die Neandertaler vor der Höhle aßen Wurzeln und Rüben, und über ihrem Feuer briet etwas, das wie ein großes Murmeltier aussah. Der Anblick schien Morlo Appetit zu machen. Speichel sammelte sich in seinen Mundwinkeln und tropfte als glitzernder Sabberfaden auf seine haarige Brust. Jenny rückte unauffällig ein Stück von ihm ab.

»Glorrrg!« Beinahe andächtig streckte Morlo eine Hand aus. Geistesgegenwärtig hielt Jenny den Monitor fest, damit er nicht umkippte, wenn Morlo ihn berührte.

Die Finger des Neandertalers stießen gegen die Oberfläche des Bildschirms. Verständnislos zogen sich seine buschigen Augenbrauen zusammen. Noch einmal versuchte er, nach der dargestellten Szene zu greifen. Als es ihm nicht gelang, umrundete er grunzend den Tisch, um auf diese Weise zu den Neandertalern am Feuer zu gelangen. Als er sah, dass sich hinter dem Bildschirm weder eine Höhle noch Steinzeitmenschen befanden, blieb er wie angewurzelt stehen.

»Wooo?«, heulte er.

»Das ist nur ein Bild, Morlo. Ein Bild, nicht echt. Ach, verflixt!« Wie sollte man einem Neandertaler, der noch nie eine kompliziertere Abbildung gesehen hatte als mit Kohle an die Höhlenwand gekritzelte Strichmännchen, erklären, was eine Computerzeichnung war?

Mit einem Ausdruck äußerster Verwirrung bewegte Morlo eine Hand hinter dem Monitor auf und ab, während er das Bild auf der Vorderseite betrachtete. Er verstand nicht, wieso hinter dem Fenster, das allem Anschein nach zurück in seine Welt führte, nichts war.

»Kein Grund, sich zu fürchten.« Jenny überlegte, ob sie dem Höhlenmensch zur Beruhigung eine Hand auf die Schulter legen sollte, doch sie entschied sich dagegen. Vielleicht zuckte das Muskelpaket vor Schreck zusammen, und sie bekam eine seiner Monsterfäuste ins Gesicht?

»Das ist dein Zuhause, ja?«

Morlo starrte sie dümmlich an.

»Morlo dorthin?« Sie deutete auf den Monitor. »Morlo zurück nach Hause?«

Das Gesicht des Urzeitmenschen hellte sich auf. Er schien zu verstehen. »Zo-hooot«, sagte er und nickte.

»Gut. Das kriegen wir hin, denke ich.« Jenny drehte sich zu der Metallwanne um, in der Morlo angekommen war. »Dazu müsstest du dich zunächst wieder in dieses Ding stellen.«

»Glooot?«

»Anschließend sehe ich mir die Bedienelemente der Zeitmaschine an und schaue nach, ob es einen Knopf gibt, mit dem man die Transportrichtung umkehren kann. So müssten wir dich zurück in die Vergangenheit kriegen.«

»Po-tooo?«

Jenny seufzte und wies wieder auf den Computerbildschirm. »Morlo dorthin? Dann Morlo zuerst *dorthin!*« Sie deutete auf die Zeitmaschine.

»Dooo?«

Sie wiederholte die Prozedur mehrere Male. Endlich schien Morlo zu begreifen, was sie von ihm wollte. Misstrauisch näherte er sich der Metallwanne, umrundete sie einmal und stupste sie mit dem Fuß an.

»Nur Mut!« Jenny zwang sich, die Ungeduld in ihrem Innern zu unterdrücken. Wenn sie jetzt keinen Fehler machte, konnte sie ihre Dummheit vielleicht wieder rückgängig machen. Wenn es ihr gelang, Morlo zurück in seine Zeit zu schicken, ohne dass ihr Onkel etwas von dem Zwischenfall mitbekam … »Stell dich rein! Dir passiert schon nichts.«

Morlo blinzelte zu ihr hinüber, die buschigen Brauen hochgezogen. Es schien die Urmenschenvariante eines fragenden Blickes zu sein. Dann – Jennys Herz machte einen aufgeregten Sprung – schlurfte er zur Werkbank, nahm seine Keule wieder an sich und kehrte zur Zeitmaschine zurück.

Er wollte tatsächlich hineinklettern!

Durch die geöffnete Flurtür drang plötzlich das Tuckern eines altersschwachen Dieselmotors in die Werkstatt. Morlo hielt in der Bewegung inne und sah sich mit schreckgeweiteten Augen um.

Jenny runzelte verärgert die Stirn. Was sollte das? Das Geräusch musste von der Straße vor dem Haus kommen. Da die meisten Fenster zum Lüften offen standen, hörte man bis in den hinteren Teil des Hauses, was vorne vor sich ging. Dem Klang nach zu urteilen, war es ein Paketbote, der Onkel Albert Post bringen wollte. Egal. Bis er sich über die Hüpfsteine zur Haustür vorgekämpft und den Klingelschutz deaktiviert hatte, war Morlo längst zurück in der Steinzeit.

»Keine Panik«, sagte sie, so ruhig sie konnte. »Das ist bloß der Briefträger.«

Morlo glotzte, verstand nur Bahnhof.

Jenny reckte einen Daumen in die Luft, obwohl sie bezweifelte, dass es diese Geste für »alles okay« in der Steinzeit schon gegeben hatte. »Frisch ans Werk«, versuchte sie Morlo anzufeuern. »Rein in die Wanne.«

»Morrr …« Der Höhlenmensch wandte sich zögernd wieder dem Metallbottich zu, umrundete ihn erneut.

Meine Güte, was für ein Angsthase, dachte Jenny. Doch dann begriff sie, dass Vorsicht in der Steinzeit vermutlich ein wichtiges Werkzeug zum Überleben gewesen war. Wenn man dort nicht sofort auf dem nächsten Baum hockte, sobald es irgendwo verdächtig knurrte oder kratzte, endete man sicher schneller im Magen eines Säbelzahntigers oder Höhlenbären, als man »Ooo« sagen konnte.

»Ooo«, sagte Morlo und schwang ein haariges Bein über den Rand der Wanne.

Jenny nickte aufmunternd und wandte unauffällig den Blick ab. Ein unbekleideter Neandertalerhintern war nach den Maßstäben des 21. Jahrhunderts einfach kein schöner Anblick.

Als sie wieder hinsah, stand Morlo in der Zeitmaschine, wobei er sich auf seine Keule stützte wie auf einen Spazierstock. Wieder sah er sie fragend und irgendwie hoffnungsvoll an.

»Super, Morlo! Bist ein schlauer Bursche.« Langsam, um den Neandertaler nicht zu erschrecken, trat Jenny neben die Wanne und beugte sich über die Knöpfe. Hoffentlich gab es wirklich eine Funktion, mit der sich die Richtung des Zeitsprungs umkehren ließ …

In diesem Augenblick erhob sich ringsum ein ohrenbetäubender Lärm. Ein Heulen, schrill und hoch wie das Geschrei tausend wahnsinniger Marabus, zerschnitt die Luft des Labors wie ein Laserschwert. Die Sirene schrillte so unvermittelt los, dass sogar Jenny, die das Geräusch kannte, für einen Moment glaubte, ihr Herz müsse stehen bleiben.

Es war die von Onkel Albert konstruierte, garantiert unüberhörbare Türklingel. Der Paketbote musste den Sicherheitsbereich im Vorgarten schneller überwunden haben als gedacht und klingelte jetzt an der Haustür.

Morlo, der vermutlich noch nie in seinem Höhlenmenschenleben etwas so Lautes gehört hatte, stieß einen panischen Schrei aus. Mit einem gewaltigen Satz sprang er aus der Wanne und wetzte geduckt quer durchs Labor, die schwere Keule über dem Kopf schwingend. Vielleicht wollte er sich vor der unbekannten Kreatur schützen, die dieses grauenvolle Geschrei produzierte.

Bevor Jenny etwas unternehmen konnte, um ihn zu beruhigen, erreichte Morlo das hintere Ende der Werkstatt. Er warf einen gehetzten Blick in die Runde, doch da war kein Angreifer, dem er seine Keule über den Schädel ziehen konnte – nur das nervzerfetzende, auf- und abschwellende Heulen.

Was dann folgte, geschah so schnell, dass Jenny es erst verstand, als es schon vorbei war.

Der Neandertaler nahm Anlauf und sprang kurzerhand durch die Scheibe.

Ein hässliches Klirren übertönte für einen kurzen Augenblick das schrille Klingelsignal. Morlo segelte in einer Wolke glitzernder Glassplitter nach draußen, rollte sich auf dem hohen Gras ab, sprang auf und raste quer durch den Garten davon.

»Morlo! Bleib hier!«

Gezackte Glassplitter ragten in die Fensteröffnung wie die Zähne eines Raubtiers. Jenny wollte ihnen nicht zu nahe kommen, daher eilte sie zur Terrassentür, die der Bewegungssensor sogleich für sie öffnete. Als sie nach draußen kam, hatte der flüchtende Neandertaler bereits die Grundstücksmauer erreicht. Ein uralter Ahornbaum wuchs davor in die Höhe, kaum einen Meter von den Backsteinen entfernt. Mit affenartiger Gewandtheit hangelte er sich daran hoch.

Jenny, die seine Absicht durchschaute, rannte hinterher. »Nicht!«, schrie sie. »Morlo, nicht auf die Mauer! Oben sind künstliche Fäuste eingebaut. Wenn du sie berührst …«

Doch der Neandertaler war schon auf Höhe der Mauerkrone. Er packte einen starken Ast, der ein Stück über die Grundstücksgrenze hinausragte, und schwang sich einhändig hinüber, ohne die Spitze der Mauer auch nur zu berühren. Jenny sah noch einen flatternden verfilzten Haarschopf, dann war der Neandertaler verschwunden.

»Ach du dickes Bohnenmus …« Jenny merkte kaum, dass Sudoku herangekommen war und schwanzwedelnd an ihrem Bein hochsprang. Als der kleine Hund merkte, dass sie nicht in Spiellaune war, verstummte er und starrte in dieselbe Richtung wie Jenny.

Hinter der Mauer, über die Morlo verschwunden war, lagen ein paar Kartoffeläcker, dann folgte ein verkehrsberuhigtes Wohngebiet. Noch etwas weiter, höchstens eineinhalb Kilometer Luftlinie von hier, begann die hektische, dicht bevölkerte Innenstadt.

Kalter Schweiß trat auf Jennys Stirn, als sie sich vorstellte, was passieren würde, wenn der Neandertaler die City erreichte.

»Was habe ich bloß angerichtet, Sudoku?«

Kurz überlegte sie, nach oben zu gehen und Onkel Albert alles zu beichten. Dann schüttelte sie energisch den Kopf. Ihr Onkel würde bis ans Ende aller Tage sauer auf sie sein. Außerdem war er in seinem geschwächten Zustand ohnehin keine große Hilfe.

»Hast du heute schon was vor, Sudoku?«

Der kleine Hund sah fragend zu Jenny auf.

»Ich denke, wir sollten einen kleinen Stadtbummel machen.«

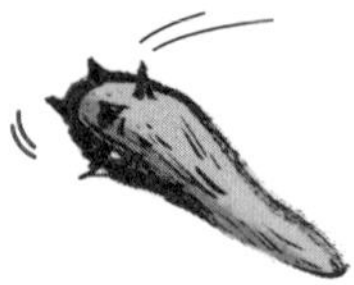

Über Stock, Stein und Beton

Die Spur des Höhlenmenschen zu verfolgen, war leichter, als Jenny befürchtet hatte. In der Nacht zuvor hatte es geregnet, und Morlos Fußabdrücke zeichneten sich im matschigen Ackerboden als große, tief eingedrückte Spuren deutlich ab.

Aufgrund des weichen Untergrunds musste Jenny allerdings darauf verzichten, für die Verfolgung ihr Rad einzusetzen. Das war ärgerlich, denn auf ebenem Boden hätte sie damit jeden Fußgänger im Handumdrehen eingeholt, egal ob Spaziergänger, Weltklassesprinter oder Neandertaler. So musste sie zu Fuß durch den knöcheltiefen Schmadder stapfen, vorwärtsgezerrt von einem aufgeregt schnüffelnden und kläffenden Sudoku, dem sie in aller Eile eine Leine angelegt hatte.

Vor ihrem Aufbruch hatte Jenny sich vergewissert, dass ihr Onkel nach wie vor schlummerte. Sie konnte sich nicht vorstellen, dass das in der Erkältungsmedizin enthaltene Schlafmittel stark genug war, um jemanden die ohrenbetäubende Türsirene überhören und seelenruhig weiterschnarchen zu lassen. Dass Onkel Albert trotzdem noch immer ganze Wälder zersägte, hatte wohl eher damit zu tun, dass er trotz Krankheit in den vergangenen Tagen viel zu wenig das Bett gehütet hatte. Nun holte sich sein Körper den Schlaf, den er zum Gesundwerden brauchte. Jenny war dankbar dafür.

Nachdem sie die Schlafzimmertür leise hinter sich geschlossen hatte, war sie ins Erdgeschoss und von dort weiter nach draußen gerannt – vorbei an dem völlig verdatterten Paketboten, der noch immer mit seinen Paketen vor der Haustür stand. Sie umrundete das Grundstück, orientierte sich kurz und nahm die Verfolgung auf.

Mehr als zehn Minuten stolperte sie jetzt schon hinter Sudoku her über den schlammigen Acker in Richtung Stadt – in ihren orangefarbenen Lieblingssneakern, die sie nach dieser Verfolgungsjagd vermutlich ein für allemal vergessen konnte. Jeder schmatzende Schritt durch den braunen Brei tat ihr in der Seele weh. Um sich abzulenken, hob sie den Blick und sah sich um.

Morlo musste bei seiner Flucht im wahrsten Sinne des Wortes ein affenartiges Tempo vorgelegt haben. Obwohl zwischen seinem Sprung über die Mauer und dem Zeitpunkt, als Jenny hinter dem Haus ankam, keine zwei Minuten verstrichen sein konnten, war der Neandertaler nirgends zu sehen – und das, obwohl der Acker völlig eben war und keinerlei Hügel oder andere Hindernisse den Blick versperrten.

Wenn man genauer darüber nachdachte, war das natürlich kein Wunder. Als Bewohner der Steinzeit musste er stets im Training sein für den Fall, dass ein Säbelzahntiger oder Schlimmeres hinter ihm her war.

Jenny drehte den Kopf. Einen knappen Kilometer weiter rechts lag ein Industriegebiet, jenseits davon erstreckte sich als dunkelgrüner Wall der Stadtwald. Der große Forst führte in Form eines Halbmonds an den Feldern vorbei bis zu dem Vorort, wo Professor Tuffhäuser lebte. Wenn der Höhlenmensch sich *dorthinein* flüchtete, gäbe es keine Chance mehr, ihn je wiederzufinden …

Doch das hatte Morlo nicht getan. In seiner Panik war er einfach drauflosgerannt. Das belegten die Fußspuren, die in gerader Linie auf die Stadt zuführten. Ausgerechnet!

Jenny wischte sich den Schweiß von der Stirn und überlegte zähneknirschend, wen sie dringender vor was retten musste: Die Stadt vor Morlo? Morlo vor Fahrrädern, Autos und anderen neuzeitlichen Gefahren, die er nicht kannte? Oder sich selbst vor dem Zorn Onkel Alberts, falls es ihr nicht gelang, den entlaufenen Urmenschen zu finden und dorthin zurückzuschicken, woher er kam?

Sie wusste es nicht.

Irgendwann lag der Acker hinter ihnen. Jenny und Sudoku standen am Rand einer verkehrsberuhigten Straße. Ein- und zweigeschossige Wohnhäuser mit gepflegten Gärten erstreckten sich nach beiden Seiten, soweit das Auge reichte. Dem Samstag sei Dank war kaum etwas los. Das war gut, bedeutete es doch, dass kaum jemand den fliehenden Höhlenmenschen gesehen haben dürfte – den *nackten* fliehenden Höhlenmenschen, verbesserte sich Jenny. Gleichzeitig war es auch schlecht, da niemand ihr einen Tipp geben konnte, wohin Morlo gelaufen war.

Anfangs war das noch unverkennbar: Ovale schlammige Abdrücke auf dem Pflaster wiesen Jenny den Weg. Doch schon nach ein paar Dutzend Metern schienen die Füße des Steinzeitmenschen getrocknet zu sein. Jenny musste das Tempo drosseln und ganz genau hinschauen, um die getrockneten Erdkrumen nicht zu übersehen, die beim Laufen aus dem Fell von Morlos Knöcheln gebröselt waren. Hundert Meter weiter war mit bloßem Auge schließlich gar nichts mehr zu erkennen.

Jenny blieb stehen. Sie kannte diese Straße. Anlässlich der Geburtstagsfeier einer Klassenkameradin war sie schon einmal hier gewesen. Falls Morlo weiter geradeaus gelaufen war, bedeutete das, dass er über kurz oder lang die Innenstadt erreichen musste – die *Innenstadt*, in der samstagvormittags grundsätzlich die Hölle los war!

Aber woher sollte Jenny wissen, ob er tatsächlich der Hauptstraße gefolgt war? Zu beiden Seiten gab es zahllose Abzweigungen. Auch die üppig begrünten Gärten vor und hinter den Häusern mochten auf einen Urmenschen eine gewisse Anziehungskraft ausüben …

»Ach du dickes Bohnenmus«, murmelte sie. »Und nun?«

Etwas zerrte an ihrer Hand.

»Jetzt nicht, Sudoku. Ich bin nicht in der Stimmung zum Spielen.«

Aber Sudoku wollte nicht spielen. Mit hektisch hin- und herpeitschendem Dreadlockschwanz zog er an seiner Leine. Seine Nase zeigte Richtung City.

Jenny verengte die Augen. Dann musste sie lachen. »Logo, natürlich! Entschuldige, dass ich das vergessen habe, Sudoku. Du bist ja ein *Hund!*« Und Hunde konnten mithilfe ihres Geruchssinns selbst da noch Spuren verfolgen, wo Menschen mit bloßem Auge aufgeschmissen waren.

Allem Anschein nach hatte Sudoku auf dem bisherigen Weg begriffen, dass Jenny hinter der Duftmarke des seltsamen haarigen

Dings aus der Vergangenheit her war. Er hatte die Spur aufgenommen und verfolgte sie nun weiter.

»So ist's recht, Sudoku: such! Wo ist Morlo? Such!«

Im Laufschritt eilten Jenny und Sudoku die Straße entlang.

Ein paar Dutzend Meter weiter stießen sie auf einen ersten Beleg, dass Sudoku als Fährtensucher tatsächlich etwas taugte.

Vor dem Eingang eines Mehrfamilienhauses stand eine Frau mittleren Alters, einen etwa vierjährigen Jungen auf dem Arm. Das Kind heulte lautstark und drückte sein Gesicht gegen den Hals der Mutter.

Jenny, die ein unangenehmer Verdacht beschlich, wurde langsamer und näherte sich der Frau. »Kann ich Ihnen helfen?«, erkundigte sie sich höflich. »Ist etwas passiert?«

»Nett, dass du fragst«, erwiderte die Frau und strich ihrem Sohn über den Hinterkopf. »Aber es ist alles in Ordnung. Louis hat sich nur erschreckt.« Ihr Gesicht verzog sich ärgerlich. »Offenbar läuft hier jemand in einem Faschingskostüm herum und verulkt die Leute.«

»In einem Faschingskostüm?«, wiederholte Jenny vorsichtig.

Die Frau nickte. »Ich war noch mal kurz in der Wohnung, um meinen Einkaufszettel zu holen. Als ich wieder herunterkam, schrie Louis wie am Spieß. Er erzählte, ein ›zottiger Affe‹ sei an ihm vorbeigehüpft.«

»Er hat ganz eklig gegrunzt«, greinte der Junge. »Und gekeucht! Und gesabbert!« Er fing von Neuem lautstark an zu heulen.

»Ich frage mich wirklich, was in den Hirnen mancher Leute vorgeht.« Die Frau schüttelte den Kopf. »Grober Unfug ist das! Man sollte die Polizei rufen.«

Jenny wurde abwechselnd heiß und kalt. »Das, äh … das wäre doch wohl ein bisschen übertrieben, finden Sie nicht? Ich meine … wahrscheinlich war es nur ein Dummejungenstreich. Die Polizei hat wichtigere Dinge zu tun, als sich um so einen Quatsch zu kümmern.«

Die Frau dachte kurz nach, dann nickte sie. »Du hast natürlich recht. Man kann nicht wegen jedem Kinderkram die Polizei einschalten.« Sie lächelte Jenny zu, dann wandte sie sich ab und ging zu einem in der Nähe geparkten Auto, wobei sie dem noch immer schluchzenden Jungen den Kopf tätschelte.

Als sie abfuhr, atmete Jenny erleichtert aus. »Das war knapp«, stöhnte sie. Wenn die Polizei sich einmischte und Morlo fing, stünde die ganze Geschichte am Montag groß in der Zeitung. Onkel Albert würde sofort die richtigen Schlüsse ziehen und vermutlich nie wieder ein Wort mit ihr sprechen. Möglicherweise würde man Jenny sogar verhaften, weil sie ein Wesen aus der Urzeit auf ihre Umwelt losgelassen hatte. Ob Gefängnis darauf stand, einen Neandertaler in die Jetztzeit zu beamen? Jenny konnte es sich nicht vorstellen, aber sie war sowieso zu jung, um rechtskräftig verurteilt zu werden.

Jemand anders dagegen nicht! Was, wenn man Onkel Albert verdonnern würde, weil er eine Maschine konstruiert hatte, mit der man ausgestorbene Geschöpfe in die heutige Zeit holen konnte? Bei genauerer Betrachtung war so ein Zeittransporter eine gefährliche Sache. Angenommen, Jenny hätte anstatt der 100 000 eine andere Zahl eingestellt … zum Beispiel 60 000 000. Dann wäre statt Morlo vielleicht ein lebender Tyrannosaurus Rex der Wanne entstiegen!

Jenny schluckte. Sie würde es sich nie verzeihen, wenn Onkel Albert ihretwegen ins Gefängnis müsste.

Hastig deutete sie die Straße entlang. »Keine Müdigkeit vorschützen, Sudoku. Such den Höhlenmenschen!«

Hinter der nächsten Biegung stießen sie auf einen weiteren Beweis, dass Morlo ihnen nicht mehr allzu weit voraus sein konnte. In den Gärten zu beiden Seiten der Straße kläffte ein halbes Dutzend Hunde so wild durcheinander, als sei gerade eine ganze Wagenladung Katzen die Straße entlangspaziert. Sudoku scherte sich nicht um ihr Gekläffe, woraus Jenny schloss, dass sich die Hunde nicht einfach in Hundesprache unterhielten, sondern sich über irgendetwas extrem aufregten.

Jenny ahnte, worüber.

Die Gegend veränderte sich jetzt allmählich. Die Häuser standen dichter und waren höher gebaut, entlang des Gehsteigs parkten immer mehr Autos. Sie näherten sich der Innenstadt.

Jenny musste einen Bogen um einen Porsche machen, der so unverschämt geparkt war, dass er sowohl den Rad- als auch den Fußweg versperrte. Dabei fiel ihr eine Reihe großer Dellen auf, die der Länge nach über das Fahrzeug führten, von der flachen Motorhaube über das Dach und hinten wieder hinunter. Die Vertiefungen im Blech waren an die dreißig Zentimeter lang und erinnerten in ihrer Regelmäßigkeit irgendwie an Fußspuren …

Trotz der Eile musste Jenny grinsen. *Tja*, dachte sie. *Wenn man sein Auto so dämlich abstellt, geschieht es einem nur recht, dass ein Neandertaler drüberrennt.*

Auch der Eigentümer eines Mercedes, der einige Hundert Meter weiter halb auf den Gehsteig ragte, würde sich in Zukunft zweimal überlegen, wo er sein Gefährt parkte. Der rechte Außenspiegel des Wagens lag zerschmettert auf dem Boden, eine Spur von gut einem Dutzend parallelen Kratzern zog sich der Länge nach über die komplette Seite des Fahrzeugs – die unverwechselbare Spur einer steingespickten Urzeitkeule, die beim Vorbeirennen übers Blech schabt.

»Wir sind ihm dicht auf den Fersen«, feuerte Jenny Sudoku an. »Weiter! Such!«

Sudoku tat sein Bestes. Hinter der nächsten Kurve tauchten die ersten Geschäfte auf. Genau wie Jenny befürchtet hatte, herrschte hier ein dichtes Gedränge. Unmassen von Leuten erledigten an diesem Samstagvormittag ihre Einkäufe. Die Gehsteige wimmelten vor Fußgängern, auf der Straße rollten Autos dicht an dicht, sodass man nur noch an einem der wenigen Zebrastreifen oder mithilfe einer Fußgängerampel eine Chance hatte, auf die andere Seite zu gelangen.

Es müsste doch mit dem Teufel zugehen, wenn keiner von denen Morlo gesehen hätte, dachte Jenny. Just in diesem Moment fiel ihr etwas ins Auge. Sie stoppte, stellte sich auf die Zehenspitzen und peilte über den Strom der Autos auf die andere Straßenseite.

Dort stand eine Menschentraube um einen blauen Kombi herum, der von der Fahrbahn abgekommen und ungebremst in eine Ansammlung von Mülltonnen gerast war. Die Plastikeimer lagen in einem wilden Durcheinander vor der eingedellten Stoßstange des Wagens am Boden, eine sogar auf der Motorhaube des Fahrzeugs, wo sie nahezu ihren kompletten Inhalt verteilt hatte.

Jenny, der nichts Gutes schwante, drückte auf den Knopf einer Fußgängerampel. Als es endlich grün wurde, eilte sie hinüber.

Der Fahrer des Autos, offenbar ein Geschäftsmann, trug ein Jackett und eine aggressive Kurzhaarfrisur. Zugleich fassungslos und angewidert starrte er auf die Obstschalen, Wurstverpackungen und zerknüllten Taschentücher, die die Haube seines Autos bedeckten.

»... hüpft dieses Vieh plötzlich über die Straße, direkt vor meinen Wagen«, hörte Jenny ihn sagen, als sie näher kam. Offenbar berichtete der Mann gerade, was geschehen war. »Hinter mir war ein anderes Fahrzeug – wenn ich gebremst hätte, wäre es mir reingefahren. Mir blieb nicht anderes übrig, als seitlich auszuweichen ... mitten in die Tonnen!«

»Was war das denn für ein Tier?«, wollte ein stämmiger Mann mit Hut wissen.

»Haben Sie es nicht gesehen? Es war doch beinahe so groß wie *Sie!*« Der Fahrer deutete auf den Fragesteller. »Ich habe es nur einen Sekundenbruchteil lang gesehen, dann musste ich das Steuer herumreißen. Es war haarig und schlenkerte so komisch mit den Armen ... Ich glaube, es war ein Affe.«

»Ein Affe? Woher sollte denn hier ein Affe kommen?«, fragte jemand.

»Vielleicht aus dem Zoo ausgebrochen?«, schlug jemand anders vor.

»Über einen entlaufenen Affen stand heute früh nichts in der Zeitung«, warf eine Frau ein.

»Vielleicht ist es gerade erst passiert?«, mischte sich Jenny ein. Die

Leute sollten in dem Glauben bleiben, es handele sich um einen ausgebrochenen Affen – das war immer noch besser als die Wahrheit.

»Könnte sein«, fand die Frau. »Trotzdem sollte man die Polizei verständigen.«

»Aber wozu denn?«, rief Jenny. »Wenn im Zoo ein Affe ausgebrochen ist, hat das Personal das längst gemerkt und entsprechende Schritte eingeleitet.«

Der Fahrer wandte sich wieder seinem Wagen zu. »Verdammte Schweinerei«, fluchte er, während er die Tonne von der Haube hob und mit spitzen Fingern den Abfall herunterpflückte. »Zum Glück ist niemand zu Schaden gekommen. Ich hoffe nur, dass meine Versicherung mir den Schaden bezahlt. Weiß zufällig jemand, ob ein Beinahezusammenstoß mit einem Affen als ›Wildunfall‹ zählt?«

Als sie sicher war, dass keiner der Schaulustigen in den nächsten Minuten die Polizei rufen würde, zog Jenny sich unauffällig zurück.

Sudoku, der in der Zwischenzeit emsig hierhin und dorthin geschnüffelt hatte, zog erneut an der Leine.

»Dorthin? Bist du sicher?« Skeptisch spähte Jenny in die schmale Seitenstraße, auf die der kleine Hund zustrebte. Sie war als Fußgängerzone ausgewiesen, Autos waren dort nicht erlaubt.

Jenny überlegte. Die brummenden und hupenden Fahrzeuge hatten dem Steinzeit-Angsthasen garantiert eine Mordspanik eingejagt. Es wäre nur logisch, wenn er einen Weg eingeschlagen hätte, wo weit und breit keine Autos zu sehen waren.

Sie eilte zur Einmündung und bog um die Ecke.

Die Straße war eine Einkaufsstraße, aber keine der großen Flaniermeilen, von denen es im Herzen der City etliche gab. Sie war schmal und schattig, die Geschäfte nicht sonderlich angesagt. Ihr Angebot richtete sich eher an ältere Leute, zumindest kam es Jenny so vor. Sie sah einen Laden für Regenschirme und Spazierstöcke, ein Geschäft, das Handtaschen anbot, einen Secondhandladen und eine Konditorei, die den Eindruck machte, als hätte sie sich seit ihrer Eröffnung hundert Jahre zuvor nicht verändert. Hinter einer Glasscheibe mit altmodischer Beschriftung schlürften Omis Tee und knabberten Kekse.

Sonst war kaum etwas los.

»Wo ist der Höhlenmensch? Such!«, trieb Jenny Sudoku von Neuem an. Doch die Geschwindigkeit, mit der der kleine Hund vorwärtsstrebte, schrumpfte zusehends.

Als Jenny fragend den Blick senkte, schnüffelte Sudoku gerade abwechselnd an einem Laternenpfahl, wo offenbar vor Kurzem ein anderer Hund seine Duftmarke gesetzt hatte, und an einem Abfalleimer, in den jemand etwas Essbares geworfen zu haben schien. Jenny zupfte dezent an der Leine, um ihn an seine Aufgabe zu erinnern. Sudoku zockelte pflichtschuldig ein paar Meter weiter, dann blieb er wieder stehen, diesmal, um den Stamm eines der Bäume zu beschnüffeln, die in regelmäßigen Abständen die Straße säumten. Ein erneutes Zupfen, zwei trippelnde Schritte – dann lag plötzlich ein Hundehaufen im Weg, der ausgiebig beschnuppert werden musste.

Jenny seufzte. Die Rentner, die in dieser Gasse einkauften, besaßen offenbar alle irgendwelche Dackel oder Pudel. Die Ablenkungen, die sich daraus für Sudoku ergaben, waren zu groß. Jenny musste wieder nach optischen Indizien Ausschau halten, wo Morlo stecken könnte.

Vor einem Geschäft, in dessen Schaufenster altmodische Ballkleider für Frauen über fünfzig ausgestellt waren, blieb sie stehen und sah sich um. Wohin würde *sie* fliehen, wenn sie ein Neandertaler wäre? Die Hauseingänge zwischen den Läden waren geschlossen. Durchgänge zu irgendwelchen Hinterhöfen konnte Jenny nicht ausmachen. Blieben die Bäume ...

Prompt erspähte Jenny in den Blumenrabatten am Fuß einer Platane einen plumpen, länglichen Gegenstand, der ihr verdächtig bekannt vorkam.

Es war die splittergespickte Keule, die Morlo aus der Steinzeit mitgebracht hatte. Der Höhlenmensch war also tatsächlich hier gewesen! Offenbar hatte er sich von seiner Waffe getrennt, um schneller – vielleicht auch unauffälliger – voranzukommen. Aber wohin hatte er sich anschließend geflüchtet? War er auf einen der Bäume gestiegen?

Jenny schaute sich um. Die meisten Platanen, mit denen man versucht hatte, die langweilige Gasse etwas hübscher zu gestalten, waren noch nicht groß genug, um einen ausgewachsenen Neandertaler verbergen zu können. Bei den älteren begannen die Äste erst gut drei Meter über dem Boden. Zu hoch zum Hinaufklettern.

Oder?

Jenny musste daran denken, wie mühelos Morlo an dem Baum in Onkel Alberts Garten hinaufgeflitzt war, bevor er sich über die Mauer geschwungen hatte. Seufzend beschloss sie, alle infrage kommenden Platanen zu untersuchen.

Gerade als sie sich in Bewegung setzte, öffnete sich hinter ihr die Tür des Damenausstatters, und eine stämmige Frau in einem knallbunten Kleid trat ins Freie. Sie schien sich in dem Laden komplett neu eingekleidet zu haben. Auf ihrem gesenkten Kopf saß ein zum Kleid passender, mit Kunstblumen dekorierter Hut, dessen riesige Krempe ihr Gesicht verdeckte.

Obwohl sie in die andere Richtung spähte, ahnte Jenny, dass die Frau an ihr vorbeiwollte. Sie murmelte »Pardon« und trat zur Seite.

»Orrrl«, entgegnete die Frau und stöckelte auf riesigen grünen Pumps an Jenny vorüber. Dabei strauchelte sie leicht, als trüge sie normalerweise keine Absatzschuhe.

Jenny wandte sich dem nächsten Baum zu. Dann stutzte sie.

Auch Sudoku, der bis eben mit seinem Hundehaufen beschäftigt gewesen war, hatte gemerkt, dass etwas nicht stimmte. Er hielt im Schnüffeln inne und hob irritiert den Kopf.

Orrrl?

Jenny fuhr herum. Die Dame hatte ein bemerkenswert breites Kreuz, und für eine Frau waren die Waden, die unter ihrem Blümchenkleid hervorragten, ausgesprochen stämmig.

Und haarig.

Plötzlich fiel es Jenny wie Schuppen von den Augen.

»Morlo!«, stieß sie hervor und rannte los.

Urmensch undercover

Die haarige Dame drehte erschrocken den Kopf. Unter der breiten Krempe kam ein vollbärtiges Gesicht mit buschigen Augenbrauen und einer platten Nase zum Vorschein.

»Orrrgl?« Die Augen des Neandertalers weiteten sich erschrocken. Kurz sah es so aus, als würde er sich einfach umdrehen und in seinem affenartig schlenkernden Galopp davonrennen.

Doch Morlo blieb stehen, runzelte die flache Stirn. Zögerte.

Jenny erkannte ihre Chance. »Bleib, Morlo. Bitte!« Noch im Laufen hob sie Sudoku, der wie wild zu kläffen begonnen hatte, vom Boden auf und hielt ihm kurzerhand die Schnauze zu. Das war nicht gerade die feine englische Art, aber sie durften den Neandertaler auf keinen Fall noch mehr erschrecken.

»Ich bin's, Jenny! Wir kennen uns. Ich tu dir nichts, versprochen.« Sie hatte den Urzeitmenschen fast erreicht.

Morlo schien noch immer hin- und hergerissen, ob er weglaufen sollte oder bleiben. »Jon-no?«, artikulierte er stockend.

Da war Jenny bei ihm und packte entschlossen Morlos Arm. Dazu musste sie Sudokus Schnauze loslassen. Entgegen ihrer Befürchtung kläffte der kleine Hund nicht sofort wieder los, sondern starrte die huttragende, haarige Erscheinung mit einer Mischung aus Furcht und Neugier an.

»Genau, Jenny. Du hast an deiner Aussprache gearbeitet, wie ich höre. Klasse!«

Der Neandertaler starrte panisch auf Jennys Hand, die seinen Oberarm festhielt. Aber er machte keine Anstalten, sich loszureißen.

Jenny sah sich nervös nach allen Seiten um. »Pass auf: Wir müssen dich irgendwie von der Straße runterkriegen. Ich meine, du hast dich zwar getarnt und alles, aber du siehst immer noch viel zu auffällig aus. Wenn dich jemand sieht …«

Sie betrachtete erneut das grellbunte Kleid, das Morlo trug. Jetzt erst dämmerte ihr, dass der Urmensch diese Garderobe mit Sicherheit nicht *gekauft* hatte. Wovon auch? Sie runzelte die Stirn. »Ach du dickes Bohnenmus! Wo hast du diesen Fummel her?«

Morlo, der ahnte, dass Jennys Frage mit seiner Kleidung zu tun haben musste, hob den Arm und deutete auf das Schaufenster des Damenausstatters. »Do-hoool«, erklärte er.

Eine Gänsehaut rieselte Jennys Rücken hinunter. Vor ihrem geistigen Auge sah sie den Neandertaler in den Laden stürmen und dem Inhaber seine Keule über den Schädel ziehen.

Rasch drängte sie Morlo in eine schattige Einfahrt zwischen zwei Geschäften. Sie drückte dem verdatterten Höhlenmenschen den noch verdatterteren Sudoku in die Pranken, dann kehrte sie zurück auf die Straße und peilte mit einem mulmigen Gefühl durch das Schaufenster ins Innere des Bekleidungsgeschäfts.

Eine voluminöse, grauhaarige Frau betrat soeben aus einem Durchgang hinter dem Kassentresen den Verkaufsraum. Sie fummelte am Gürtel einer altmodischen braunen Bundfaltenhose herum, offenbar kam sie gerade von der Toilette.

Mit ungläubigem Gesichtsausdruck kehrte Jenny zu Morlo zurück. »Du hast ganz allein kapiert, dass es in dem Laden Klamotten gibt? Du bist rein, hast dir was zum Anziehen geschnappt, es ohne fremde Hilfe übergestreift und bist wieder verduftet – alles, bevor die Alte vom Klo zurück war?«

Aber Morlo beachtete sie gar nicht. Fasziniert starrte er das Pelzknäuel auf seinem Arm an. Nach kurzem Zögern kraulte er Sudoku unter dem Kinn. Prompt reckte der kleine Hund den Kopf in die Höhe und leckte Morlo die flache Nase.

»Hey, ich rede mit dir!« Ungeduldig schob sich Jenny neben die beiden. Sie tippte Morlo auf die Schulter, deutete auf das Bekleidungsgeschäft und zupfte an seinem Blümchenkleid. »Du – das – dort – stibitzt – ohne – dass – jemand – merken?«, wollte sie wissen.

Erneut schien der Neandertaler zu begreifen, was sie meinte. Er entblößte zwei Reihen riesiger gelblicher Zähne zu etwas, das möglicherweise ein stolzes Grinsen war, und sagte: »Morrrlo o-ho-ho-ho orrrm!«

Jenny musste zugeben, dass sie beeindruckt war. Dem Höhlenmenschen musste während seiner Flucht durch die Stadt aufgefallen sein, dass alle Leute, die ihm begegneten, bekleidet waren. Also hatte er sich bei der ersten sich bietenden Gelegenheit ebenfalls etwas zum Anziehen besorgt, um nicht aufzufallen. Eine beachtliche Leistung für ein Gehirn, das normalerweise nicht mehr organisieren musste als Mammuts zu erlegen und sie zu mundgerechten Portionen zu verarbeiten. Dass es sich bei den erbeuteten Kleidungsstücken ausschließlich um Damensachen handelte, konnte Morlo ja nicht wissen. Wahrscheinlich hatte er noch gar nicht gemerkt, dass es in der Bekleidung des einundzwanzigsten Jahrhunderts gewisse Unterschiede gab.

»Das hast du gut gemacht«, lobte Jenny und schielte von Morlos bärtigem Gesicht zu seinen dicken, mindestens ebenso haarigen Waden hinab. »Leider dürfte deine Tarnung höchstens einen Neunzigjährigen mit ausgeprägter Sehschwäche täuschen. Auf zwanzig Meter Entfernung. Bei sehr schlechtem Licht.«

»Orrrl?«

»Wir müssen dich besser verkleiden, wenn wir dich unerkannt zurück zu Onkel Alberts Haus schaffen wollen.« Jenny dachte scharf nach. Der Secondhandladen fiel ihr ein, den sie ein paar Häuser weiter vorn gesehen hatte. In einem Laden für gebrauchte Klamotten gab es bestimmt irgendetwas, womit sich Morlos auffällige Erscheinung besser verbergen ließ. Und da getragene Sachen meistens recht billig waren, mussten sie sie nicht einmal klauen. Jennys Taschengeld würde dafür ausreichen.

Sie prüfte kurz, ob ihnen auch niemand durch die schmale Straße entgegenkam, dann schob sie Morlo behutsam, aber nachdrücklich vor sich her. Der Neandertaler trug noch immer Sudoku, der mittlerweile dazu übergegangen war, ihm die haarige Brust abzuschlecken, die vom weiten Dekolleté des Kleids nur teilweise bedeckt wurde. »Horrr-horrr-horrr«, kicherte der Höhlenmensch.

»Schön, dass ihr euch so blendend versteht«, zischte Jenny ungeduldig und schubste Morlo von hinten an. »Aber wie ich schon sagte: Wir müssen von der Straße runter!«

Sie erreichten den Secondhandladen. Ein Schild über der Tür verkündete: TRAUDELS SCHATZTRUHE – SCHICKES VON GESTERN ZU PREISEN VON VORGESTERN.

»Wollen wir's hoffen«, murmelte Jenny, öffnete die Tür und stieß den kichernden Neandertaler hindurch.

Ein Glöckchen über der Tür verkündete mit aufgeregtem Bimmeln das Eintreffen von Kundschaft. »Ich bin sofort für Sie da«, ertönte eine weibliche Stimme aus einem Raum irgendwo hinter der Kasse.

Hektisch sah Jenny sich um. Am entgegengesetzten Ende des Verkaufsraums entdeckte sie eine Umkleidekabine. Vorsichtshalber bog sie Morlos Hutkrempe auf der Seite, die dem Kassentresen zugewandt war, noch ein Stück weiter nach unten und schob ihn auf die Kabine zu.

Als sie beinahe da waren, tauchte hinter der Theke eine Frau mit wild gelockter Haarmähne und einem knielangen Strickpullover auf. »Hallo, ich bin Traudel«, rief sie gut gelaunt. »Kann ich euch helfen?«

»Danke. Meine, ähh … meine Großtante will sich neu einkleiden«, erklärte Jenny und schubste Morlo das letzte Stück in die Umkleidekabine. Mit einem gedämpften »Mrommm?«, stolperte er hinein. Bevor die Ladeninhaberin einen genauen Blick auf ihn werfen konnte, zog Jenny den Vorhang hinter ihm zu.

»Ich verstehe.« Beflissen kam Traudel hinter dem Kassentresen hervor und steuerte den Bereich des Ladens an, wo Kleider, Blusen und Röcke an runden Ständern auf neue Besitzer warteten. »An was hätte deine Großtante denn gedacht?«

»Also, Morl- ... will sagen: Tante Morlonia hat einen recht eigenen Geschmack«, brachte Jenny hervor. »Machen Sie sich besser keine Mühe. Ich werde selbst etwas für sie heraussuchen.«

Achselzuckend verschwand die Inhaberin wieder hinter der Theke und begann, Pakete mit neu hereingekommener Gebrauchtkleidung zu öffnen und durchzusehen.

Erleichtert wandte sich Jenny den Ständern zu – allerdings denen mit der Herrenbekleidung. Jetzt erst fiel ihr die aufdringliche Schlagermusik auf, die im Laden vor sich hin dudelte. Ausgezeichnet! Die Lieder waren zwar so schauderhaft, dass sich einem die Fußnägel hochrollten, aber sie übertönten das grunzende Gekicher, das zusammen mit leisem Hundegebell aus der Umkleidekabine drang.

Die meisten Kleidungsstücke, die an den Gestellen baumelten, waren entweder hässlich oder so schäbig und ausgebeult, dass einem allein bei der Vorstellung, wem sie wohl früher einmal gehört hatten, übel werden konnte. Mit spitzen Fingern arbeitete sich Jenny durch glänzende Plastikanoraks, karierte Knickerbocker, Smokingjacken mit albernen Schwalbenschwänzen, ausgeblichene Badeshorts und flickenübersäte Jeans. Als ihre Hoffnung, hier ein geeignetes Ganzkörperkostüm für einen Neandertaler zu finden, bereits schwand, wurde sie überraschend fündig. Sie entdeckte einen knielangen, beigefarbenen Trenchcoat und eine nicht allzu eklige Jogginghose aus dunkelgrauem Stoff. Beides warf sie sich über den Arm und eilte zurück zur Kabine.

Im Innern amüsierten sich Morlo und Sudoku nach wie vor prächtig. Mittlerweile schleckte allerdings nicht mehr Sudoku den Höhlenmenschen ab, sondern dieser säuberte mit einer riesigen, an einen rosa Waschlappen erinnernden Zunge das verklettete Hundefell. Jenny rümpfte die Nase und hielt dem Neandertaler die Kleider hin.

»Zieh das an!« Sie deutete auf die Sachen, dann auf Morlo, und zerrte demonstrativ an einem Träger des Kleids, in dem er noch immer steckte. Morlo glotzte sie mit heraushängender Zunge an, dann nickte er. Er setzte Sudoku auf den Hocker in der Kabine und versuchte ungeschickt, sich aus dem Kleid zu winden. Jenny hatte den Vorhang noch nicht wieder zugezogen, als sie bereits das Reißen von Stoff hörte. Sie seufzte. Dann würden sie das Kleid eben nicht zurückgeben, wie sie es ursprünglich vorgehabt hatte.

Sie setzte ihre Erkundung des Ladens fort und stieß auf einen kleinen, leicht schäbigen Herrenhut sowie ein Paar ausgelatschte Halbschuhe mit schiefen Absätzen, Größe 46. Beides nahm sie mit zur Umkleidekabine.

Als sie den Vorhang öffnete, brach sie trotz des Ernsts der Situation um ein Haar in lautes Gelächter aus.

Morlo, dem das Konzept »Hose« gänzlich fremd war, hatte sich die Beine der Jogginghose über die Arme gestreift und suchte nun in der Mitte verzweifelt nach einer Öffnung für den Kopf. Der Trenchcoat baumelte wie ein viel zu langer Schal um seinen Hals, während das Blümchenkleid in Fetzen um seine Füße lag. Auf dem Hocker in der Ecke saß Sudoku, den riesigen Hut mit den Kunstblumen auf dem Kopf, und sah dem Neandertaler mit kritischem Blick zu.

Jenny dämmerte, dass es wohl doch nur pures Glück gewesen war, das Morlo beim Damenausstatter so schnell in Kleid und Pumps hatte schlüpfen lassen.

Bevor Traudel einen Blick auf das Chaos im Innern der Kabine erhaschen konnte, trat sie ein und zog den Vorhang hinter sich zu. Was folgte, war echte Schwerstarbeit.

Neandertalerarme aus Jogginghose zerren.

Neandertalerfüße aus Pumps freibekommen.

Staunen, wie lang und schmutzig Neandertalerfußnägel sind.

Neandertalerfüße durch Jogginghosenbeine wursteln.

Neandertaler dazu bewegen, Jogginghose hochzuziehen.

Feststellen, dass Neandertaler nicht begreift, was er tun soll.

»Herrje!« Jenny standen Schweißperlen auf der Stirn. »Du stellst dich echt an wie der erste Mensch!«

»Glorrrm?«

»Ach, vergiss es.«

Es half nichts: Da Morlo die notwendigen Handgriffe fremd waren, musste Jenny alles für ihn erledigen, ob es ihr gefiel oder nicht. Tatsächlich gefiel ihr nur des Wenigste …

Haarigen Neandertalerhintern ignorieren und Jogginghose selbst hochziehen.

Trenchcoatärmel über Neandertalerarme zerren.

Rucken und reißen und fluchen, bis Neandertalerarme vollständig in Ärmeln stecken.

Neandertaler davon abhalten, Sudoku erneut von oben bis unten abzuschlecken.

Trenchcoat zuknöpfen.

Linken Halbschuh aus Neandertalermund retten, der begeistert auf der Sohle herumkaut.

Neandertalerfüße in Halbschuhe schieben.

Halbschuhe zubinden, während Neandertaler versucht, wieder mit kleinem Hund zu spielen.

Albernen Hut auf Neandertalerkopf drücken.

Albernen Hut vom Boden aufheben, nachdem Neandertaler ihn runtergeworfen hat, und erneut auf Neandertalerkopf setzen.

Albernen Hut ein weiteres Mal vom Boden aufheben, dabei mit Neandertaler schimpfen.

Und so weiter, und so weiter …

Irgendwann, Jenny glaubte schon nicht mehr daran, waren sie fertig. Sie öffnete den Vorhang und trat einen Schritt aus der Kabine, um ihr Werk zu begutachten.

»Nicht schlecht«, murmelte sie. »Aus ein paar Schritten Entfernung gehst du fast als normaler Mann durch … Na ja, als Mann, der sich etwas zu lange nicht rasiert hat und dessen Modegeschmack einiges zu wünschen übrig lässt. Aber wen stört's?«

Sie bedeutete Morlo, aus der Kabine zu kommen.

Die nächsten 30 Sekunden würden alles entscheiden. Ergriff die Inhaberin des Ladens beim Anblick des Neandertalers schreiend die Flucht, hatten sie ein Problem. Geschah nichts dergleichen, bestand eine reelle Chance, Morlo unerkannt zum Haus des Professors zu schaffen.

Zögernd schlurfte Morlo aus der Umkleide. Wenigstens hatten er und Sudoku aufgehört, sich gegenseitig abzuschlecken. Der Neandertaler trug seinen neuen Freund jetzt wie eine Aktentasche unter dem Arm.

Im hellen Tageslicht, das durch die Schaufenster ins Geschäft fiel, musterte Jenny den Urmenschen erneut. »Ich fürchte, mit deinem Gesicht müssen wir noch irgendwas machen. Man sieht einfach noch zu viel davon ...« Sie ließ ihren Blick durch den Verkaufsraum schweifen. Auf dem Kassentresen standen ein paar Drehsäulen, die neben Schmuck auch eine Anzahl Sonnenbrillen feilboten. Jenny huschte hinüber.

Die meisten Brillen waren älter als sie selbst, riesige Dinger mit Gestellen aus fingerdickem Plastik. Zum Glück hatten verschiedene geschmacksverwirrte Fotomodels in den letzten Jahren dafür gesorgt, dass solche Nasenfahrräder nicht mehr als optische Körperverletzung galten. Zumindest bei Frauen. Aber Morlo sollte ja keinen Schönheitswettbewerb gewinnen.

Als Jenny mit einer klobigen Sonnenbrille zurückkehrte, bot sich ihr ein seltsamer Anblick.

Morlo hatte neben der Umkleidekabine einen Spiegel entdeckt und starrte mit großen Augen hinein. Er hob einen Arm – und riss die Augen noch weiter auf, als er sah, dass sein Spiegelbild es ihm gleichtat.

»Morrrlo?« Verdutzt drehte er sich im Kreis, wobei er seine Reflexion auf dem Glas nicht aus den Augen ließ.

»Ja, das bist du«, bestätigte Jenny leise und setzte ihm die riesige, getönte Brille auf die Nase. Jetzt noch die Krempe des Huts ein wenig tiefer ins Gesicht gezogen – perfekt! Vom Gesicht des Neandertalers war nichts mehr zu sehen außer der dicht behaarten Mund- und Kinnpartie. Und vollbärtige Männer gab es schließlich auch im 21. Jahrhundert.

»Morrrlo?« Morlo starrte noch immer wie hypnotisiert in den Spiegel. Wie in Zeitlupe führte er einen Zeigefinger vor sein Gesicht und sah seinem Ebenbild zu, wie es dasselbe tat – auch, als er ihn tief in seinem linken Nasenloch versenkte und darin herumbohrte. Er hob den anderen Arm, drehte sich erneut auf der Stelle … *Wie ein Kunde, der seine neuen Klamotten bewundert*, dachte Jenny zufrieden. *Bis auf das Nasebohren vielleicht.* Aber niemand würde auf den Gedanken kommen, dass es sich um einen Neandertaler handelte, der sich gerade zum ersten Mal in seinem Leben im Spiegel sah.

»Und? Erfolg gehabt?« Traudel, die Ladeninhaberin, kam erneut um den Tresen herum. »Hat deine Großtante etwas gefunden, das ihr …« Sie stutzte, als ihr Blick auf Morlo fiel.

Jetzt gilt's! Jenny spürte, wie sie sich innerlich anspannte.

Traudel runzelte die Stirn. »Sagtest du nicht, deine *Großtante* suche etwas zum Anziehen?«, erkundigte sie sich.

»Wie?« Jenny atmete auf. Außer dem verwirrenden Umstand, dass die Kundin innerhalb von zehn Minuten ihr Geschlecht gewechselt zu haben schien, fiel der Verkäuferin nichts auf.

»Nein, da müssen Sie sich verhört haben. Ich sagte, mein Groß*onkel* Morlonius braucht ein paar neue Sachen … neue gebrauchte Sachen, meine ich.« Jenny zückte ihren Geldbeutel und schob sich unauffällig zwischen Traudel und den Neandertaler. »Das Zeug gefällt ihm so gut, er möchte es gleich anbehalten. Was sind wir Ihnen schuldig?«

Traudel musterte die Gestalt vor dem Spiegel noch einmal, diesmal allerdings, um den Preis der Kleidungsstücke zusammenzurechnen. Wie Jenny gehofft hatte, konnte sie die Summe ohne Mühe berappen. Als sie das Wechselgeld einsteckte, rempelte sie jemand von der Seite an.

»Orrr!«

Jenny drehte sich um. Neben ihr stand Morlo und hielt ihr eine der unmöglichen Monstersonnenbrillen hin. »Jonnno ho-ho-ho?«

»Ich soll auch?« Zögernd nahm Jenny die Brille entgegen und setzte sie auf.

Morlo grinste breit.

»Verstehe. Du willst nicht der Einzige sein, der total bescheuert aussieht, wie?«

Das Grinsen des Neandertalers verbreiterte sich, so als hätte er Jennys Worte verstanden.

»Von mir aus.« Vielleicht wirkte Morlo in der Gegenwart einer zweiten Person, die wie ein Trottel aussah, ja noch unauffälliger?

Jenny legte einen Fünfer auf den Tresen und kaufte die Brille. Dann ließ sie sich eine Tüte geben – »für Onkel Morlonius' alte Sachen«, wie sie sagte – und raffte in der Umkleide rasch das zerrissene Kleid, Hut und Pumps zusammen. Anschließend verließen sie das Geschäft.

Draußen war mittlerweile erheblich mehr los, sogar in der schmalen Seitenstraße. Zum Glück funktionierte Morlos Tarnung bestens.

Kaum einer der vorübereilenden Passanten beachtete ihn, niemand würdigte ihn eines zweiten Blickes.

Jenny fiel ein Stein vom Herzen. »Jetzt aber nichts wie zurück zu Onkel Albert!«

Damit der schreckhafte Höhlenmensch nicht beim Klang der nächstbesten Fahrradklingel erneut durchdrehte und das Weite suchte, nahm Jenny ihn an der Hand und zog ihn wie einen Vorschüler hinter sich her durchs Gedränge. Schon nach ein paar Schritten spürte sie, wie die haarigen Finger in ihren zu zittern begannen. Die ungewohnte Umgebung machte den Neandertaler nervös. Aber aus irgendeinem Grund riss er sich zusammen. Sudoku presste er wie ein Stofftier eng an seine breite Brust. Jenny vermutete, dass sein neuer Freund entscheidend zu Morlos ungewohnter Tapferkeit beitrug.

Sie überlegte gerade, auf welchem Weg sie am schnellsten und gefahrlosesten zum Haus ihres Onkels gelangen konnten, als ihr Blick unbeabsichtigt auf ein Schaufenster fiel. Jenny blieb stehen und betrachtete ihr Spiegelbild.

Gegen ihren Willen musste sie grinsen.

Das Bild, das sie abgaben, war hoffnungslos bescheuert: ein massiger Typ in Mantel und Jogginghosen, einen winzigen Hut auf dem Kopf, einen Köter auf dem Arm, mit einer dämlichen Sonnenbrille, der sich von einem Mädchen mit orangefarbenen Haaren und einer nicht minder dämlichen Sonnenbrille an der Hand durch die City ziehen ließ. Das musste für die Nachwelt festgehalten werden!

Jenny zückte ihr Handy, stellte sich dicht neben den Neandertaler und machte kurzerhand ein Selfie von Morlo und sich.

»Glorrrm-o?«

»Ich hab ein Foto von uns gemacht«, erklärte Jenny. »Als Andenken. Warte, ich zeig's dir ...« Es dauerte einen Moment, bis sie das Bild im Fotoalbum gefunden und aufgerufen hatte. Erneut musste sie lachen, so herrlich blöd sahen sie beide aus. Sie vergrößerte das Foto und wollte es Morlo hinhalten, als sie merkte, dass der Neandertaler nicht mehr neben ihr stand.

Erschrocken fuhr Jenny herum. Wo war dieses haarige Riesenross jetzt schon wieder abgeblieben?

Sie atmete erleichtert auf, als sie Morlo ein paar Schritte weiter im Gewühl entdeckte. Als sie jedoch sah, wo genau er sich befand, begann ihr Herz schneller zu schlagen.

Der Neandertaler war auf eigene Faust zu einer Bank weitergeschlurft, auf deren Lehne drei Kerle von siebzehn oder achtzehn Jahren hockten und rauchten. Die drei schienen sich sehr cool vorzukommen, und das zeigten sie auch in der Art, wie sie sich herausgeputzt hatten. Einer trug das Haar in der Mitte hochfrisiert, sodass es einem Hahnenkamm glich. Der zweite hatte seine Frisur mit Gel zu einem übertrieben strengen Scheitel gekämmt, während der dritte sich zackige Muster in die raspelkurz geschorenen Stoppeln rasiert hatte.

Morlo hatte sich vor den Füßen der Kerle auf die Sitzfläche der Bank plumpsen lassen. Dort hockte er jetzt wie ein Aufziehspielzeug mit abgelaufenem Motor, tat gar nichts und glotzte dümmlich in die Gegend.

Die Unverschämtheit des Fremden, der sich einfach so auf ihre

Bank setzte, schien die jungen Männer zu irritieren. Sie starrten den Bärtigen im Mantel böse an und versuchten, ihn auf diese Weise zum Verschwinden zu bewegen. Natürlich fruchtete das nicht. Morlo blieb sitzen und glotzte.

Als der größte der drei sich drohend erhob, begann Jenny zu laufen.

Im Großstadtdschungel

»Hast du vielleicht ein Problem?«, hörte Jenny den Kerl sagen, als sie herankam. Auch seine beiden Kumpel standen jetzt auf und bauten sich im Halbkreis um den sitzenden Neandertaler herum auf. Jenny wurde abwechselnd heiß und kalt. Das roch nach Ärger!

»Was guckst du so? Du glotzt, als hättest du noch nie zuvor ein menschliches Wesen gesehen.«

Das hatte Morlo tatsächlich nicht, jedenfalls kein neuzeitliches menschliches Wesen. Aber das konnte Jenny den Kerlen schlecht auf die Nase binden.

»Und überhaupt … wie siehst du aus, Mann?«, mischte sich der Kerl mit dem Scheitel ein.

»Mein, ähh … mein Onkel ist nicht von hier«, erklärte Jenny, so ruhig sie konnte, und zog Morlo vorsichtig von der Bank hoch. »Wo er herkommt, kleiden sich die Leute anders als hier. Er ist von den neuen Eindrücken noch ein wenig überwältigt, fürchte ich.«

Morlo, der keine Ahnung hatte, worüber gesprochen wurde, sah Jenny an und sagte: »Glorrrmo-bolg?«

»Dass der nicht aus der Gegend ist, sieht man«, bemerkte der Bursche mit dem rasierten Kopf. Er saugte an seiner Zigarette und musterte den Neandertaler von oben bis unten. »Der Style ist schon krass …« Er schob sich die Kippe zwischen die Zähne, zückte ein Smartphone und zielte mit der Fotolinse auf Morlo. »Was dagegen?«

»Blogggo-blog«, erwiderte Morlo gönnerhaft.

Der Bursche machte ein Foto. Auch seine Kumpel betrachteten die Aufmachung des Höhlenmenschen jetzt mit gesteigertem Interesse.

»Schräg, Alter«, sagte der mit dem gegelten Scheitel. »Echt oberschräg!«

»Voll! Die Brille, der winzige Hut, dazu der Bart … das musst du erst mal bringen, Alter«, bestätigte der mit dem Hahnenkamm. »Kommt aber fett!«

Der Kurzhaarige machte noch ein Foto, dann steckte er sein Handy weg und hielt Morlo ein Zigarettenpäckchen hin. »Kippe?«

Interessiert streckte Morlo eine Hand aus.

Jenny kam ihm zuvor. »Mein Onkel raucht nicht!« Sie zog unauffällig an Morlos Mantel, der daraufhin den Arm sinken ließ und einen Schritt zurücktrat.

»Er, ähh … hat früher täglich vier Päckchen weggepafft. Daraufhin hat der Arzt es ihm verboten.«

Die jungen Männer nickten beeindruckt.

»Krass«, murmelte einer.

»Voll«, bestätigte ein anderer.

»Brommm«, fügte Morlo hinzu.

Jenny zupfte erneut, und der Neandertaler setzte sich in Bewegung. Einer der Jungs hob zum Abschied den Finger an eine nicht vorhandene Hutkrempe. Morlo sah es und tat dasselbe.

»Puuh«, hauchte Jenny, als sie um die nächste Ecke bogen. »Gerade noch mal Glück gehabt! Wenn die drei Stunk gemacht hätten, wären wir geliefert gewesen.«

»Glooo«, sagte Morlo fröhlich und tätschelte Sudokus Kopf.

Jenny hatte mittlerweile beschlossen, auf einem anderen Weg zu Onkel Alberts Haus zurückzukehren als dem, auf dem sie gekommen waren. Erstens wollte sie ihre Sneaker nicht ein weiteres Mal im Schlamm versenken, zweitens war es einfach zu auffällig, wenn zwei Personen mitten am Tag kilometerweit über einen Acker stapften. *Zwei Personen und ein Hund*, verbesserte sie sich in Gedanken. Morlo war zwar getarnt, aber sie durften es nicht riskieren, unnötige Aufmerksamkeit zu wecken.

Jenny entschied sich für den Weg durch das Industriegebiet. Es führte in einem weiten Bogen zwischen dem Stadtwald und den Feldern hindurch bis zum Rand des Vorortes mit Onkel Alberts Anwesen. Mit etwas Glück, und wenn bis dahin nichts Unvorhergesehenes mehr passierte …

»Honggg«, grölte Morlo plötzlich und bog scharf nach rechts ab.

Jenny versuchte noch, den Neandertaler am Gürtel seines Trenchcoats zurückzuhalten, aber er war viel zu stark und marschierte einfach weiter.

»Honggg!«, wiederholte er.

»Was ist nun schon wieder?« Genervt spähte Jenny an Morlo vorbei nach vorne.

Ein paar Dutzend Meter weiter, am Rand eines großen Platzes, stand eine Imbissbude. Nichts besonderes, einer der üblichen Fressstände, die Pommes, Currywurst und Hamburger verkauften. Da es bereits spät am Mittag war, standen Passanten in einer langen Schlange davor und warteten auf einen heißen, fettigen Snack. Ein appetitlicher Duft wehte von der Bude herüber.

»Ho-honggg!« Morlos rosa Waschlappenzunge baumelte jetzt aus einem seiner Mundwinkel, Sabber tropfte auf seinen Mantelkragen.

»Vergiss es!« Jenny zerrte verzweifelt an Morlos Mantel. »Dafür haben wir keine Zeit. Wir müssen zusehen, dass ...«

»HONGGG-O! HONGGG-O!«, brüllte der Neandertaler in ohrenbetäubender Lautstärke und deutete auf die Fressbude. »MORRR-LO HONGGG-O!«

Diverse Köpfe in der Warteschlange drehten sich in ihre Richtung.

Jenny verdrehte die Augen. Wie war das noch gewesen? Keine unnötige Aufmerksamkeit erregen?

»HONGGG-O!«

»Schon gut, schon gut! Ich hole uns was.« Jenny warf einen kritischen Blick in ihren Geldbeutel. Für einen Burger und eine Portion Pommes müsste es gerade noch reichen.

»Du bist ganz schön teuer, weißt du das?« Seufzend marschierte sie zur Bude und reihte sich in die Schlange ein.

Morlo verfolgte ihr Tun mit verständnislosem Blick. Dann marschierte er geradewegs nach vorn, zur Theke, wo die Leute ihre dampfenden Speisen erhielten.

»Hey«, rief ein riesenhafter Typ in Arbeitermontur ärgerlich. »Stell dich gefälligst hinten an!«

Morlo reagierte nicht.

»Was soll denn das? Das Ende der Schlange ist dahinten«, keifte ein Mann in kariertem Pullunder und Slippern, wahrscheinlich ein Lehrer.

Keine Reaktion.

»Mami, Mami! Der hässliche Mann drängelt sich einfach vor«, quäkte ein fetter Zehnjähriger, der mit seiner ebenso fetten Mutter ein Stück weiter hinten in der Reihe stand.

»Eine Frechheit«, fand die dicke Frau. »Sie sind ein schlechtes Vorbild für die Jugend, junger Mann!«

»Honggg-o«, erwiderte Morlo und latschte weiter.

Jenny unterdrückte einen Fluch. Offenbar gab es nur einen Weg, den dickköpfigen Neandertaler zur Räson zu bringen …

Sie rannte hinter Morlo her. Als sie ihn erreichte, packte sie kurzerhand Sudoku, den der Höhlenmensch nach wie vor im Arm hielt, riss ihn an sich und eilte mit dem kleinen Hund zum hinteren Ende der Warteschlange zurück.

»Ooorlll?« Morlo stoppte irritiert. »Hooon! Dooo!« Erstaunlich flink wetzte er hinter Jenny her. Das haarige Gesicht unter der viel zu großen Sonnenbrille war verzerrt, und unter anderen Umständen hätte Jenny jetzt vielleicht Angst vor dem Höhlenmenschen bekommen. Zum Glück war sie gerade viel zu sauer, um sich zu fürchten.

Als der Neandertaler auf sie zuwalzte, bremste sie ihn, indem sie ihm eine flache Hand vor die Brust stieß. Morlo blieb stehen.

»Du wartest hier mit mir, genau wie die anderen«, flüsterte Jenny. »Wenn du dich benimmst, kannst du Sudoku wiederhaben. Wenn du weiter rumblödelst, nicht. Verstanden?« Sie deutete in Richtung der Warteschlange, auf sich und hielt schließlich Sudoku gut sichtbar in die Luft. Morlo verfolgte alles mit benebeltem Blick. Dann stellte er sich kleinlaut hinter Jenny in die Schlange.

Erleichtert gab sie ihm den Hund zurück. Der Neandertaler presste ihn an sich wie einen lange verschollenen Bruder.

Die nächsten zehn Minuten verbrachte Morlo damit, Sudoku zu tätscheln und in seinem Fell nach Läusen zu suchen. Nacheinander bekamen der Arbeiter, der Lehrer, der fette Junge und seine Mutter sowie alle anderen, die vor ihnen standen, etwas zu essen. Als Jenny an der Reihe war, bestellte sie einen Burger und eine doppelte Portion Pommes. Während sie auf das Essen wartete, tänzelte Morlo ungeduldig von einem Fuß auf den anderen. Sein Mantelkragen war mittlerweile übersät von großen, dunklen Speichelflecken.

Der Imbiss kam, und Jenny zahlte. Jetzt war sie pleite.

Die Fressalien in den Händen, den Neandertaler im Schlepptau, steuerte sie eine Einfahrt zwischen zwei Geschäften an. Geschützt vor neugierigen Blicken hielt sie Morlo die Pommes hin.

Der Neandertaler langte mit einer Pranke in die Schale und stopfte sich, ohne zu zögern, eine ganze Handvoll Pommes in den Mund.

Einen Sekundenbruchteil später schossen die Pommes in hohem Bogen wieder heraus. »HIIIAAAOOO!!!«, keuchte Morlo und wedelte hektisch mit den Händen vor seinem Mund auf und ab.

Jenny grinste schadenfroh. »Heiß, was? Gib acht, ich zeig dir, wie man es macht.« Mit einem hölzernen Pikser spießte sie einen Pommes auf, hielt ihn vor ihre Lippen und pustete. Als er ausreichend abgekühlt war, schob sie ihn sich in den Mund. »Köschtlisch«, erklärte sie kauend.

Morlo sah sie dümmlich an. Dann steckte er sich eine weitere Handvoll Pommes in den Mund.

»HIIIAAAOOO!!!«

Jenny seufzte.

Nachdem sie ihm drei weitere Male vorgemacht hatte, wie es ging, fiel der Groschen. Ungeschickt nahm Morlo einen Pikser, spießte, pustete und …

»Hmmmo!«

Jenny nickte anerkennend. »Na bitte, geht doch. Lecker, oder?«

Morlo grunzte, pikste und kaute.

Im Handumdrehen waren die Pommes verputzt. Jenny öffnete die Pappschachtel mit dem Burger … und zögerte. Aßen Neandertaler Fleisch? Bestimmt, auf dem Bild im Internet hatten sie schließlich ein Tier über dem Feuer gegrillt. Wenn sie sich richtig an das erinnerte, was Herr Fleischmaurer in der Schule erzählt hatte, waren die Urmenschen Allesfresser gewesen, die …

»Glorrrbsch-glbb. Mmmpfh. Mooorl!«

Mit zwei gewaltigen Bissen hatte Morlo den beileibe nicht kleinen Burger verschlungen. Augenblicklich war der gesamte sichtbare Teil seines Gesichts verziert mit Ketchup, Gurkenscheiben und klein geschnittenen Zwiebeln.

»Hey! Vielleicht hätte ich auch gerne was davon gehabt?«, beschwerte sich Jenny.

Statt einer Antwort begann der Urmensch, sich mit seiner riesigen Zunge den Bart sauber zu lecken. Sudoku, der in seiner Armbeuge hockte, half ihm begeistert.

Der Anblick war so eklig, dass Jenny schlagartig keinen Appetit mehr hatte.

Als Morlos Bart wieder einigermaßen frei von Speiseresten war – die Soßenflecken auf dem Mantel waren nicht mehr zu entfernen –, machten sie sich erneut auf den Weg.

Jenny legte ein forsches Tempo vor. Sie wollte die Innenstadt so schnell wie möglich hinter sich lassen. Sie fühlte sich inmitten des Gedränges nicht wohl. Seit dem Intermezzo am Imbissstand schienen immer öfter irgendwelche Leute Morlo anzustarren, und mehr als einmal hatte sie den Eindruck, dass Jugendliche im Vorbeigehen hinter vorgehaltener Hand Handyfotos von ihm machten. Der befürchtete Ruf »Da, ein Urmensch!« blieb jedoch aus. Es dauerte eine Weile, bis Jenny begriff, dass es nicht Morlo der Neandertaler war, der die Leute faszinierte, sondern der eigentümlich angezogene Typ mit Hut, Mantel, Brille und Vollbart.

Sie hatten das Ende der Fußgängerzone fast erreicht, als unvermittelt eine blonde Frau auf Morlo zutrat und sich vor ihm aufbaute. Sie trug ein grünes T-Shirt mit dem Aufdruck einer bekannten Tierschutz-Organisation. Ein Stück hinter ihr stand ein Tisch, an dem ein riesiges Plakat hing, das den Kopf eines Gorillamännchens zeigte. Jenny fiel auf, dass es Morlo erstaunlich ähnlich sah.

»Sie sind doch bestimmt Tierfreund, junger Mann?«, sprach die Frau den Neandertaler an.

Morlo, der sie erst jetzt bemerkte, weil er beim Gehen mit Sudoku herumgealbert hatte, hielt ruckartig inne und hob den haarigen Kopf. »Orrrf?«

»Das habe ich mir gedacht.« Mit einem gewinnenden Lächeln zog die Frau ein Klemmbrett und einen Stift hinter ihrem Rücken hervor. »Wie Sie sicher wissen, sind die Menschenaffen unsere nächsten Verwandten …«

»Orrrgl?«

»… und es ist unverantwortlich, dass Gorillas und Orang-Utans in vielen Gebieten unserer Erde noch immer vom Aussterben bedroht sind. Mit Ihrer Unterschrift zugunsten unseres Projekts RETTET UNSERE PELZIGEN BRÜDER UND SCHWESTERN! – und natürlich mit Ihrer großzügigen Spende – können Sie die Lebensbedingungen von Menschenaffen überall auf dem Planeten verbessern helfen. Bei so einer vorbildlichen Aktion wollen Sie selbstverständlich nicht außen vor bleiben, habe ich recht?«

»Jooo-glo.«

»Das ist die richtige Einstellung!« Die Frau reichte Morlo Stift und Klemmbrett. »Wenn Sie hier bitte Name, Anschrift und Ihre Kontoverbindung eintragen würden?« Sie drehte sich um und bot dem Neandertaler ihren Rücken als Schreibunterlage an.

Mit gerunzelter Stirn musterte Morlo das Blatt, auf dem bereits zahlreiche Personen die gewünschten Angaben gemacht hatten.

Bevor Jenny eingreifen konnte, klatschte er der Frau das Klemmbrett auf den Rücken, packte den Stift mit der Faust und begann, wilde Krakel und Spiralen auf das Papier zu malen. Als Jenny ihn endlich am Arm zu fassen bekam, hatte er sämtliche ausgefüllte Zeilen vollgekritzelt und komplett unleserlich gemacht.

»Morrrlo bloook!«

Das Klemmbrett fiel zu Boden. Bevor die Tierschützerin es aufheben konnte, suchten Jenny und der Neandertaler das Weite.

»Danke«, rief die Frau ihnen nach. »Im Namen unserer pelzigen Brüder und Schwestern!«

Wenn die wüsste, wessen Unterschrift sie gerade eingesammelt hat, dachte Jenny grinsend und bog im Laufschritt um eine Ecke.

Wenig später lag die Fußgängerzone hinter ihnen. Jetzt war es nicht mehr weit bis zum Industriegebiet.

In dem Teil der Stadt, den sie jetzt durchquerten, standen die Häuser weniger dicht. Es gab unbebaute Grundstücke und sogar ein paar Grünflächen. Auf einigen spielten Kinder Fußball, die meisten aber waren menschenleer.

Die ruhige Umgebung sorgte dafür, dass sich Jenny wieder sicherer fühlte. Sie reduzierte das Tempo ein wenig. Was sollte jetzt noch schiefgehen?

Sie hatte den Gedanken noch nicht zu Ende gedacht, da fiel ihr auf, dass Morlo nicht mehr hinter ihr herwatschelte. Einen grässlichen Augenblick lang fürchtete sie, er könnte schon eine ganze Weile verschwunden sein und sie hätte keine Chance, ihn je wiederzufinden. Da hörte sie plötzlich Sudokus aufgeregtes Gekläffe, unterbrochen von einem ausgelassenen »Yooogl!«. Der Lärm kam von einer kleinen Baumgruppe am Rand eines gekiesten Radwegs zu ihrer Rechten.

Jenny lief hinüber.

Die Baumgruppe entpuppte sich als schmaler Ring aus Unterholz, in dessen Mitte ein Kinderspielplatz lag. Er war erstaunlich groß, wegen seiner versteckten Lage war er Jenny aber bisher nie aufgefallen. Interessiert schaute sie sich um.

Es gab Rutschen unterschiedlicher Länge und Höhe, ein halbes Dutzend auf Sprungfedern montierte Schaukelpferde und eine große, aus einem alten Baumstamm geschnitzte Schiffschaukel. Ein Stück weiter sah Jenny eine hölzerne Ritterburg mit hohen Türmen und Hängebrücken, ein Klettergerüst und eine Torwand.

Der Spielplatz war nahezu leer. Lediglich beim Klettergerüst tummelte sich eine Handvoll Kinder. Sie standen auf der sandbedeckten Fläche rings um die haushohe Konstruktion oder hockten auf Kletterstangen im unteren Bereich. Ihre Blicke waren wie gebannt auf eine Gestalt gerichtet, die ganz allein in der höchsten Lage des Gerüsts herumturnte und dabei wahnwitzige Kunststücke vollführte.

Die Gestalt trug einen kleinen Hut, einen Trenchcoat und eine Sonnenbrille.

Als Jenny am Fuß des Gerüsts ankam, hangelte sich Morlo gerade in schwindelnder Höhe an einigen Metallringen entlang. Vor dem letzten holte er mächtig Schwung, dann segelte er durch die Luft, wobei er sich einmal überschlug, und landete mehrere Meter weiter in einem Netz aus Tauen. Blitzschnell packte er eines davon, nutzte die Wucht seines Sprungs für einen Aufwärtsschwung und schoss scheinbar schwerelos in die Höhe. Weit sauste er über die höchste Stange des Gerüsts hinaus, drehte sich abermals in der Luft, und als es anschließend wieder abwärts ging, fing er seinen Sturz elegant mit einer Hand ab. An der obersten Querstange schwingend wie ein Uhrpendel winkte er fröhlich mit der freien Hand nach unten.

»Ohooorl!«

Die Kinder, die seinen Kunststücken atemlos zugesehen hatten, erwachten aus ihrer Starre und klatschten begeistert Beifall. Sudoku schoss am Boden bellend immer wieder um das Gerüst herum.

Jenny wankte zu einer Sitzbank, von denen mehrere das Klettergerüst einrahmten, und ließ sich schwer darauf plumpsen. Sie fühlte sich mit einem Mal unsagbar müde. Auf einen Neandertaler aufzupassen, war anstrengender, als einen Sack Flöhe zu hüten! Aber wenigstens gab es hier keine Erwachsenen, denen auffallen konnte, dass die Kunststücke, die der seltsame Mann mit dem Hut dort oben vollführte, allenfalls ein ausgebildeter Artist hätte hinbekommen dürfen.

Fasziniert sah Jenny zu, wie der Neandertaler an einem Arm mehrmals um die Spitze des Gerüsts kreiste. Als er genügend Schwung geholt hatte, ließ er unvermittelt los. Nach einem nicht enden wollenden Flug bekam er mit einer Hand eine der senkrechten Rutschstangen am hinteren Ende der Konstruktion zu fassen. Er griff zu, schwang seitlich einmal um die Stange herum und flog scheinbar schwerelos weiter zu einer schrägen Holzleiter. Mit absurder Geschwindigkeit sauste er die Sprossen hinauf. Oben angelangt, machte er einen Purzelbaum vorwärts und kletterte an der Unterseite der Leiter wieder hinab – kopfüber!

Sein Publikum machte »Aaahhh« und »Ooohhh« und klatschte erneut.

»Ooolooorg!«, rief Morlo und grinste wie ein Nussknacker.

Mit der Nummer könnte er im Zirkus auftreten, dachte Jenny und ertappte sich dabei, dass sie ebenfalls klatschte. Zweifellos verdankte Morlo seine bemerkenswerten Kletterkünste der engen Verwandtschaft der Neandertaler mit den Affen.

Ein weiterer Salto, gefolgt von einer kunstvollen Seitwärtspirouette. Morlo packte ein Kletterseil, das im Innern des Gerüsts herabbaumelte, und schwang sich daran wie an einer Liane einmal quer durch das Stangengewirr.

Besorgt bemerkte Jenny, dass sich über der wilden Turnerei mehrere Knöpfe von Morlos Mantel geöffnet hatten. Der flatternde Stoff entblößte bei jeder Bewegung seine dicht behaarte Neandertalerbrust. Doch die Kinder schienen nichts davon zu bemerken. Auch als ihm bei einem besonders rasanten Purzelbaum der Hut vom Kopf fiel und die ungewöhnlich flache Stirn entblößte, schien das keinem ungewöhnlich vorzukommen. Die Kinder waren viel zu beeindruckt von den Kunststücken, die der irre Typ ihnen vorführte.

Jenny schloss die Augen und versuchte, sich zu entspannen. Ein paar Minuten noch, dann würde sie Morlo und Sudoku einsammeln und endgültig den Heimweg antreten. Wenn alles gut ging, wäre sie die haarige Nervensäge rechtzeitig zum Abendessen wieder los …

»Hey, Sie da! Mit dem Mantel!«, gellte auf einmal eine barsche Stimme ganz in ihrer Nähe. »Kommen Sie sofort von dem Gerüst herunter!«

Erschrocken riss Jenny die Augen auf. Als sie erkannte, wer gerufen hatte, erschrak sie noch mehr.

Auf dem Radweg, der am Rand des Spielplatzes vorbeiführte, standen zwei uniformierte Polizisten!

Polizei!

Die beiden Beamten sahen so unterschiedlich aus, wie zwei Männer mit identischer Uniform nur aussehen konnten. Der linke war über eins neunzig groß und dünn wie eine Bohnenstange. Selbst sein Kopf war lang und schmal, mit einem ausgemergelten Pferdegesicht, wodurch seine Dienstmütze viel zu breit wirkte. Der zweite – er hatte gerufen – war mindestens zwei Köpfe kleiner, dafür aber gut dreimal so schwer wie sein Kollege. Seine Uniform spannte sich trotz Übergröße eng wie eine Wurstpelle um seinen Bauch und die schinkendicken Arme. Kurz überlegte Jenny, ob die beiden vielleicht einst gleich groß gewesen waren, bis dem einen am Verladehafen ein Auto auf den Kopf gefallen war und ihn auf sein jetziges Format zusammengestaucht hatte. Unter anderen Umständen hätte die verrückte Vorstellung sie zum Schmunzeln gebracht. Heute nicht.

Ein rascher Blick verriet ihr, dass Morlo sich vom Befehl des Polizisten wie üblich nicht angesprochen fühlte. Unter ausgelassenen »Orrrl-orrrl«-Rufen turnte er weiter mit sich selbst um die Wette.

Hastig sprang sie auf und lief zum Klettergerüst. »Morlo? Morlo!«, zischte sie. »Komm runter, sofort!« Sie begleitete die Aufforderung mit wilden Armbewegungen, worauf der Neandertaler sich nach unten hangelte und mit einem gewaltigen Satz neben ihr im Sand landete. Jenny stellte sich frontal vor ihn und knöpfte mit fliegenden Fingern Morlos Trenchcoat wieder zu. Den Hut, den er noch im Fallen wieder aufgefangen und lose zurück auf seinen Kopf gesetzt hatte, zog sie mit einem raschen Handgriff bis über die Ohren nach unten.

In diesem Augenblick hörte sie hinter sich das Knirschen von Schuhsohlen im Sand. Langsam drehte sie sich um.

Die beiden Polizisten waren bis auf wenige Schritte herangekommen und hatten sich vor Jenny und Morlo aufgebaut – zumindest der Dicke, der die Daumen betont lässig in den Gürtel gehakt hatte und abwartend auf den Fersen vor und zurück wippte. Sein schlaksiger Kollege machte einen weniger forschen Eindruck. Er wirkte so energisch wie ein am Haken baumelnder Bademantel.

Jenny, die nicht verstand, woher die Männer so plötzlich gekommen waren, schielte unauffällig an den beiden vorbei. Jenseits des Rings aus Buschwerk, der den Spielplatz umgab, war die blau-silberne Silhouette eines Streifenwagens zu erahnen. Die Beamten mussten mit dem Auto den schmalen Kiesweg entlanggefahren sein. Ein ungewöhnliches Vorgehen … Hoffentlich verhieß das nichts Schlimmes.

»Sie wissen, was Sie falsch gemacht haben?«, eröffnete der Dicke mit einem typischen Polizistenspruch das Gespräch.

»Onnnk?«, sagte Morlo.

»Mein Onkel ist nicht von hier«, erklärte Jenny schnell. »Er stammt aus … äh, Rumänien, ist nur zu Besuch hier.«

»Aus Rumänien?«, wiederholte der dünne Beamte interessiert. Seine Stimme war hoch und piepsig wie die einer alten Frau.

»Er versteht unsere Sprache nicht besonders gut, deshalb …«

»Deswegen!« Der Dicke, der Jenny gar nicht beachtete, deutete auf ein Schild, das am Rand des Spielplatzes stand. *»Benutzung des Spielplatzes nur für Kinder und Jugendliche bis 12 Jahre«*, zitierte er, ohne hinzusehen.

»Morrrlo blooot?«

»Wie gesagt, mein Onkel kann unsere Sprache weder schreiben noch lesen. Ich bin sicher, er hätte ...«

»Die Spielgeräte sind nicht für das Gewicht von Erwachsenen ausgelegt«, fuhr der dicke Polizist ungerührt fort. Er schien einer von jenen Erwachsenen zu sein, die Kinder grundsätzlich nicht für voll nahmen. Jenny spürte Wut in sich hochkochen, doch sie riss sich zusammen. Dies war nicht der richtige Zeitpunkt, um einen Streit vom Zaun zu brechen.

»Sie hätten mitsamt Gerüst zu Boden stürzen und sich sowie die anwesenden Kinder verletzen können.« Die Nase des Dicken war kurz und aufwärts gebogen, sodass man direkt in seine Nasenlöcher schauen konnte, wie bei einem Schweinerüssel. Damit das nicht so auffiel, hatte er sich einen buschigen braunen Schnurrbart stehen lassen. Aber der machte die Sache nur noch schlimmer.

»Brrrog-olllog smooot, Morrrlo!«

»Mein Onkel sagt, es tut ihm sehr leid. Er bittet vielmals um Verzeihung und verspricht, es nie wieder zu tun«, behauptete Jenny.

Zum ersten Mal sah der schweinsgesichtige Polizist sie direkt an. »Du bist die Nichte, wie?« Er musterte sie von oben bis unten. »Wieso hast du deinen Onkel nicht darauf aufmerksam gemacht, dass diese Anlage nur für Jugendliche da ist?«

»Aus Rumänien. Wirklich?«, mischte sich der lange Beamte wieder ein. »Wie schön! *Bună diminiata! Ce mai faci? Mã cheamã Wachtmeister Humboldt.*« Er grinste stolz.

Morlo glotzte den Polizisten verständnislos an. Jenny ebenfalls.

Zum Glück schien auch der dicke Polizist nichts zu kapieren. Auch er musterte seinen Kollegen mit fragender Miene.

Als der Hagere es bemerkte, räusperte er sich umständlich. »Ich, äh … ich lerne seit drei Jahren Rumänisch. Abendkurs in der Volkshochschule. Das habe ich dir doch schon mehrmals erzählt, Anselm!«

Der Dicke verdrehte genervt die Augen.

Jenny schaltete blitzschnell. »Habe ich Rumänien gesagt? Ich meinte natürlich Polen! Onkel Morlacz kommt aus Polen.«

»Ist doch völlig egal«, schnarrte der Dicke. »Vor dem Gesetz sind alle gleich.« Er fixierte Morlo von Neuem, möglicherweise um sich zu vergewissern, ob der Angeklagte Reue über sein Vergehen zeigte.

Morlo erwiderte den Blick voller Neugier. Zum Glück trug er nach wie vor die Sonnenbrille, sodass dem Beamten nicht auffiel, wie klein und eigenartig braun die Augen seines Gegenübers waren.

Die Sekunden dehnten sich. Jenny fürchtete bereits, der Polizist könnte Morlo auffordern, die Sonnenbrille abzunehmen. Doch das tat er nicht.

Stattdessen wandte er sich irgendwann ab und murmelte: »Hauptsache, er tut's nicht wieder. Arno?« Er bedeutete seinem Kollegen, ihm zum Dienstwagen zu folgen.

»Auf Wiedersehen«, sagte der Schlaksige und legte höflich eine

Hand an seine zu große Mütze. »Wir müssen dann mal weiter. Ein Spezialeinsatz, dringende Sache.«

Jennys Magen krampfte sich zusammen. »Ach ja?«, erkundigte sie sich so unbeteiligt wie möglich. »Worum geht es denn? Suchen sie einen entlaufenen Sträfling oder so?«

Der große Mann lachte, hoch und meckernd. »So ähnlich. Aus dem Zoo ist ein Gorilla ausgebrochen, und wir sollen ihn finden und einfangen.«

»Ach du dickes Bohnenmus … ein Gorilla?« Unauffällig schob sich Jenny zwischen Morlo und den Polizisten.

»Vielleicht auch ein Orang-Utan. Die Augenzeugenberichte sind in diesem Punkt nicht eindeutig. Auf jeden Fall ist er heute Vormittag in der Innenstadt aufgetaucht und hat dort ein gehöriges Chaos angerichtet. Diverse Pkw wurden beschädigt, es gab einen Unfall mit Sachschaden, und mehrere Leute haben sich so erschreckt, dass sie mit Herzproblemen zum Arzt mussten. Der städtische Zoo hat bislang zwar noch nicht bestätigt, dass ein Affe ausgebüxt ist, aber so lange können wir natürlich nicht warten.«

»Natürlich nicht.«

»Orrrrko.«

»Mittlerweile sind sechs Streifenwagen im Einsatz. Sie durchkämmen die Randbereiche der Stadt nach dem Tier.«

»Aha.« Jenny schluckte. Das hatte gerade noch gefehlt! »Wieso ausgerechnet die Randbereiche?«, hakte sie nach. »Wenn dieser Gorilla doch in der Innenstadt gesichtet wurde …«

»Unsere Experten gehen davon aus, dass es einem Affen in der

City nicht sonderlich gefallen dürfte. Deshalb wird er mit hoher Wahrscheinlichkeit versuchen, sich in eine weniger bevölkerte Gegend zurückzuziehen.«

»Verstehe.« Jenny biss sich auf die Lippe. »Kluger Gedanke.«

Der Beamte verschränkte die dürren Arme vor der Brust. »Bei der Polizei arbeiten Spezialisten, mein Kind. Uns entgeht keiner, weder Einbrecher noch Betrüger noch Taschendieb. Und schon gar kein Gorilla!«

»Brooog-oloook!«

»Worauf wartest du denn, Arno?«, drang die Stimme des schweinsgesichtigen Polizisten vom Wagen herüber. »Auf besseres Wetter? Wir müssen los!«

»Ihr entschuldigt mich.« Der Schlaksige wandte sich ab. Als Jenny gerade aufatmen wollte, blieb er plötzlich stehen und drehte sich noch einmal um. »Schicke Sonnenbrillen habt ihr da.« Er zwinkerte sowohl Morlo als auch Jenny zu. Dann war er verschwunden. Wenige Augenblicke später erwachte der Motor des Streifenwagens zum Leben, und das Fahrzeug rollte von dannen.

»Flooog bolllom?«, erkundigte sich Morlo und warf einen sehnsüchtigen Blick in Richtung des Klettergerüsts.

»Auf keinen Fall! Genug geturnt.« Jenny überlegte angestrengt. Die vor ihnen liegende Route war mit einem Mal bedeutend gefährlicher geworden. Zwar hatte Morlos Verkleidung erneut ihren Zweck erfüllt, aber die beiden Beamten waren auch nicht unbedingt Intelligenzbestien gewesen. Eine Begegnung mit ein paar ihrer Kollegen, die etwas aufgeweckter waren, mochte weniger glimpflich ausgehen.

»Blöderweise bleibt uns nichts anderes übrig«, überlegte sie laut. »Von hier aus würde jede andere Strecke mindestens doppelt so viel Zeit in Anspruch nehmen. Wir riskieren es.«

Morlo sah sie fragend an.

»Wir gehen durchs Industriegebiet am Stadtrand, wie geplant. Vielleicht haben wir Glück, und die Polizeistreifen konzentrieren sich bei ihrer Suche auf naturnahe Gebiete wie den Weiher am anderen Ende der Stadt.«

Morlo schien nichts dagegen zu haben. Nachdem er Sudoku aufgelesen und den kleinen Hund in eine der ausgeleierten Taschen seines Trenchcoats gestopft hatte, machen sie sich wieder auf den Weg.

Kurze Zeit später erreichten sie das Industriegebiet. Autohäuser flankierten jetzt die Straße, es gab eine Kartonagenfabrik, den städtischen Bauhof sowie einen Parkplatz für Busse. Wie Jenny gehofft hatte, zog es an einem schönen Samstagnachmittag nicht viele Leute in diese unattraktive Gegend. Die Leute gingen lieber in die Innenstadt, setzten sich in Cafés und aßen Eis. Lediglich auf den Parkplätzen der Autohändler schlichen ein paar einsame Männer umher und lasen mit betrübten Gesichtern die Preisschilder in den Windschutzscheiben.

»Jetzt haben wir es bald geschafft«, freute sich Jenny. »Nur noch an der Betonfabrik vorbei.«

Prompt tauchte auf der rechten Seite der Straße ein weitläufiges, von einer hohen Mauer umgebenes Gelände auf. RUMMELSDORFF-BETONWERKE, verkündete ein Schild. Hinter der Mauer waren die Dächer großer Hallen sowie etliche hohe Stahlsilos zu erkennen.

Während sie der Straße an der Mauer entlang folgten, sah sich Jenny immer wieder nach allen Richtungen um. Bisher war ihnen kein weiterer Streifenwagen begegnet, aber man konnte nie wissen.

Links der Straße erhob sich eine Wand aus dichtem, dunklem Grün – der Stadtwald, der sich von hier mehrere Kilometer weit bis zur nächsten Stadt erstreckte. Morlo warf dem Gehölz einen interessierten Blick zu, aber Jenny schüttelte den Kopf. »Das ist die falsche Richtung«, erklärte sie. »Wir müssen auf der Straße bleiben, wenn wir zu Onkel Albert wollen. Durch den Wald wäre es ein riesiger Umweg. Außerdem gibt es dort kaum befestigte Wege. Wir wären bis spät in die Nacht unterwegs.«

Morlo, der augenscheinlich kein Wort verstanden hatte, nickte fröhlich.

Vor ihnen zeichnete sich eine Lücke in der Mauer ab. Es war eine beschrankte Werkseinfahrt, die Lastwagen die Zufahrt zum Betonwerk ermöglichte.

In diesem Moment erhob sich jenseits der Mauer plötzlich ein infernalischer Lärm. Es klang, als säge jemand mit einer hundert Meter großen Kreissäge einen Doppeldeckerbus in der Mitte durch – und zwar der Länge nach. Jenny wusste nicht, was in einer Betonfabrik einen derartigen Krach verursachen konnte, das Geräusch war jedenfalls so unangenehm, dass sie sich automatisch die Ohren zuhielt.

Zum Glück hielt der Lärm nicht lange an. Nach zehn oder fünfzehn Sekunden wurde es wieder ruhig. Erleichtert nahm Jenny die Hände runter.

Da sah sie den Streifenwagen.

Er musste aus der Werkseinfahrt der Fabrik gekommen sein, denn wenige Augenblicke zuvor war die Straße bis zum Horizont völlig leer gewesen.

Im Handumdrehen war das Fahrzeug heran. Es bremste, hielt. Ein Fenster glitt summend nach unten.

Ach du dickes Bohnenmus, dachte Jenny und kniff die Augen zu. *Jetzt ist alles aus.*

»Entschuldige, Kleine«, rief jemand.

Jenny öffnete die Augen. Am Steuer des Wagens saß ein großer breitschultriger Polizist. Er hatte stahlblaue Augen, ein kantiges Kinn und machte nicht den Eindruck, als würde er lange fackeln, wenn er einen Verdächtigen verhaften musste.

»Hast du hier zufällig irgendwo einen Gorilla gesehen?«

»Ob ich … *was?*« Unauffällig warf Jenny einen Blick über ihre Schulter.

Der Gehsteig hinter ihr war leer!

»Ich weiß, es klingt ein bisschen verrückt«, entschuldigte sich der Beamte. »Aber wie es aussieht, ist ein Gorilla oder ein anderer großer Menschenaffe aus dem Zoo entlaufen. Hast du ihn gesehen?«

Jenny brachte kein Wort heraus. Sie schüttelte den Kopf.

»Na gut. Aber sei vorsichtig, falls du ihm über den Weg laufen solltest. Möglicherweise ist er gefährlich. Ruf uns an, wenn du was siehst.«

Jenny nickte.

Der Polizist schloss das Fenster, und der Wagen rollte davon.

Einige Sekunden lang lauschte Jenny ihrem eigenen rasenden Herzschlag. Dann fuhr sie besorgt herum.

»Morlo? Morlo, wo steckst du?«

Nichts geschah. Nur einige kleine Blätter rieselten vor Jennys Nasenspitze zu Boden.

Sie hob den Kopf.

In der Krone eines Baumes, der wie hundert weitere entlang der Mauer der Betonfabrik wuchs, hockte ein zitterndes, in beigefarbenen Stoff gehülltes Bündel.

»Morlo? Was zum Geier treibst du da oben?« Doch Jenny konnte die Frage selbst beantworten: Morlo war beim Ertönen des unbeschreiblichen Lärms in Panik geraten und im wahrsten Sinne des Wortes in die Luft gegangen. In Sekundenschnelle hatte er den nächsten Baum erklommen, um vor der lautstarken Bedrohung zu fliehen – die gängige Steinzeit-Methode, auf nahende Gefahren zu reagieren.

Jenny lächelte. »Das hast du gut gemacht! Wärst du nicht so ein Hasenfuß, hätten die Polizisten dich gesehen und wahrscheinlich einkassiert.« Sie deutete einladend auf den Gehsteig. »Jetzt komm runter, damit wir weitergehen können.«

»Nooo.« Morlo rührte sich keinen Millimeter.

Jenny runzelte ungeduldig die Stirn. »Komm runter, sag ich. Wir müssen weiter.«

»Nooo.« Morlo schaute demonstrativ in eine andere Richtung.

»Aber wieso denn nicht? Die Polizisten sind weg, und der komische Krach wird bestimmt nicht noch mal …«

In diesem Moment setzte der ohrenbetäubende Lärm wieder ein. Und diesmal hörte er nicht wieder auf.

Jenny rief, das Geräusch könne Morlo doch nichts anhaben, und er solle gefälligst runterkommen. Aber es war so laut, dass sie ihre eigenen Worte nicht verstand. Wütend wedelte sie mit den Armen, zeigte auf sich und dann die Straße entlang.

Der Neandertaler rührte sich noch immer nicht.

Jenny dachte nach. Sie konnten nicht darauf warten, dass der Krach aufhörte. Das mochte Stunden dauern, und in dieser Zeit konnte der Streifenwagen noch einmal vorbeikommen. Der Beamte würde sich wundern, wieso das Mädchen mit den orangefarbenen Haaren noch immer tatenlos in der Gegend herumstand, und aussteigen, um sich die Sache genauer anzusehen …

Jenny beschloss, es mit einer anderen Taktik zu versuchen.

Nachdem sie sich unauffällig vergewissert hatte, dass Morlo wieder zu ihr herabschaute, zuckte sie gut sichtbar mit den Schultern und wandte sich ab. Sie versenkte die Hände in den Hosentaschen und schritt mit hoch erhobenem Kopf davon.

Sie marschierte bis zur Werkseinfahrt, ohne sich einmal umzudrehen. Erst dort wurde sie langsamer und drehte den Kopf, um zu sehen, ob ihr Plan aufging und Morlo von seinem Baum herunterkam, um ihr nachzuhopsen …

Urplötzlich ertönte ein lautes Hupen, ganz in ihrer Nähe. Jenny wirbelte herum – und starrte aus kürzester Entfernung auf den Kühlergrill eines riesigen Betonmisch-Lkw, der gerade mit Karacho durch die geöffnete Schranke der Werkszufahrt bretterte. Wegen des allgegenwärtigen Lärms hatte sie ihn nicht kommen gehört.

Die Stoßstange des tonnenschweren Wagens war keine fünf Meter mehr entfernt. Jenny hörte Bremsen quietschen, doch der Laster war viel zu schnell – er würde nicht mehr rechtzeitig zum Stehen kommen! Eine Schrecksekunde lang sah Jenny das verzerrte Gesicht des Fahrers hinter der Windschutzscheibe. Sein Mund war zu einem entsetzten Schrei aufgerissen.

Dann war der Kühlergrill des Lasters heran. Jenny kniff die Augen zu, wappnete sich für den tödlichen Aufprall …

… als unvermittelt etwas von der Seite gegen sie prallte! Jenny verlor den Boden unter den Füßen und wurde mitgerissen. Ein, zwei Sekunden schien sie durch die Luft zu segeln, dann landete sie erstaunlich weich auf etwas Warmem, Nachgiebigem. Unter ihr erklang ein gepresstes Grunzen, Stoff riss. Irgendwo hinter ihr kreischten die Bremsen des Betonmischers erneut, dann kam der Koloss mit rotierendem Tank zum Stehen – genau dort, wo Jenny eine Sekunde zuvor noch gestanden hatte.

»Olllog … orrrch.«

Unter ihr bewegte sich etwas. Jenny sprang auf.

»Morlo!«

Der Neandertaler kam ebenfalls wieder auf die Füße. Er hatte Hut und Sonnenbrille verloren, und sein Trenchcoat war am rechten Arm von der Schulter bis zum Ellenbogen aufgerissen, wahrscheinlich vom Sturz auf den rauen Straßenbelag.

Jenny schnappte nach Luft. »Du hast mir das Leben gerettet!«

Es war kaum zu glauben: Nach menschlichen Maßstäben hätte Jenny tot sein müssen! Doch Morlo hatte die Gefahr, in der sie schwebte, blitzschnell erkannt, war aus seinem Versteck zu Boden gesprungen und zur Werkseinfahrt gerast. Nur die affenartige Geschwindigkeit des Neandertalers war dafür verantwortlich, dass Jenny jetzt nicht als matschiger Fleck unter den Reifen des Betonmischers klebte.

»D-danke«, stammelte sie.

»Broook«, entgegnete Morlo. Er ergriff Jennys Kinn und drehte ihren Kopf prüfend hierhin und dorthin, wie um sich zu vergewissern, dass ihr auch nichts passiert war.

»Himmelherrgott, Mädchen!« Der Fahrer des Lkw war ausgestiegen und kam um die Motorhaube herum auf sie zu. »Hast du keine Augen im Kopf? Um ein Haar hätte ich dich mit meinem Laster …« Abrupt blieb er stehen, starrte Jenny und Morlo an. Seine Augen weiteten sich.

Kein Wunder: Morlos Tarnung war zum Teufel. Selbst ein Blinder von hinten hätte erkannt, dass er keinen normalen Menschen vor sich hatte. Zu allem Überfluss hatte der Fahrer sicher längst im Radio gehört, dass die Polizei nach einem »entlaufenen Gorilla« suchte.

Wie zur Bestätigung bemerkte Jenny aus dem Augenwinkel eine Bewegung am Rand der Zufahrt. Hinter der Scheibe des Pförtnerhäuschens, von dem die Schranke gesteuert wurde, stand ein zweiter Mann und presste nervös einen Telefonhörer an sein Ohr. Er sprach schnell und gestikulierte aufgeregt.

»Zeit zu verschwinden!« Jenny rannte los. Zu ihrer Erleichterung erfasste Morlo die Situation ebenfalls und hopste mit langen Sätzen hinter ihr her.

Sie waren noch keine hundert Meter weit gekommen, da wusste Jenny, mit wem der Pförtner telefoniert hatte.

In der Ferne erklang eine Polizeisirene. Und ihr Heulen kam rasch näher!

Auf der Flucht

Jennys Gedanken überschlugen sich. So laut, wie die Sirene klang, wäre der Streifenwagen innerhalb kürzester Zeit hier. Die Straße verlief ohne Kurven geradeaus, so weit das Auge reichte, nirgends gab es eine Deckung, wo man sich verstecken konnte.

Die Polizisten würden sie erwischen. Punkt, fertig, aus.

Plötzlich spürte Jenny, wie ihr Tränen in die Augen schossen. Zuerst dachte sie, es wäre ein Resultat das beißenden Winds, immerhin rannten sie wie der Teufel. Dann begriff sie, dass es Tränen der Wut und der Enttäuschung waren.

Sie hatten sich so tapfer geschlagen, und trotzdem war jetzt alles im Eimer. Die Polizisten würden Morlo einfangen und ihn in einen Käfig stecken wie ein wildes Tier. Die Entdeckung eines echten, *lebendigen* Neandertalers würde hohe Wellen schlagen, und nur allzu bald würde die Spur des Mysteriums zu Professor Tuffhäuser führen. Dann würde nicht nur Jenny höllischen Ärger bekommen, sondern auch ihr Onkel.

Überrascht stellte Jenny fest, dass ihr die Aussicht auf Bestrafung gar keine Angst mehr einjagte. Der Grund für ihre Tränen war ein anderer.

Sie wollte nicht, dass man Morlo in einen Käfig sperrte! In der kurzen Zeit, die sie zusammen verbracht hatten, war ihr der tumbe Neandertaler ans Herz gewachsen. Mehr noch: Er hatte sich wie ein echter Freund verhalten, indem er seine Angst überwunden und Jennys Leben gerettet hatte! Und einen Freund überließ man nicht einfach einem ungewissen Schicksal.

Aber was konnte sie noch tun, um Morlo zu retten?

»Offf-offf-offf!« Morlo galoppierte neben ihr her wie eine bucklige, bemitleidenswert zerfledderte Vogelscheuche. Er schien das Ganze für ein Spiel zu halten.

Die Polizeisirene war nun ganz nah. Nur noch wenige Augenblicke, dann musste der Streifenwagen über die letzte Anhöhe vor der Betonfabrik hinwegschießen, und die Beamten würden sie sehen.

Es sei denn …

»Da rüber!« Abrupt bog Jenny ab. Im Handumdrehen hatte sie die Fahrbahn überquert und rannte, ohne langsamer zu werden, mitten hinein ins dichte Unterholz des Stadtwaldes.

»Hoiii!«, tönte Morlo begeistert und folgte ihr.

Äste peitschten Jenny ins Gesicht, Dornen krallten sich in ihre Kleidung, versuchten, sie festzuhalten. Sie achtete nicht darauf. Immer tiefer arbeitete sie sich in das Gehölz vor – nur weg von der Straße!

Rasch wurde es dunkler, die Luft roch feucht und erdig. Das dichte Blätterdach über ihren Köpfen hielt einen Großteil des Sonnenlichts ab. Gut so!

Hinter sich hörte Jenny das Heulen des Polizeifahrzeugs die Straße entlangkommen. Sie machte Morlo ein Zeichen, anzuhalten und sich nicht zu rühren. Jeder schwingende Ast, jedes Rascheln im Blattwerk konnte sie jetzt verraten.

Der Wagen stoppte. Die Sirene wurde abgeschaltet, lediglich das regelmäßige Aufblitzen des Blaulichts drang noch aus der Ferne durch die Blätter.

Die Polizisten hatten an der Einfahrt des Betonwerks gehalten, um sich von den Männern dort erklären zu lassen, was geschehen war.

Das war ihre Chance!

»Weiter«, zischte Jenny. Vorsichtig, jedes überflüssige Geräusch vermeidend, setzten sie sich wieder in Bewegung. Das Blitzen des Blaulichts blieb hinter ihnen zurück und war schon bald nicht mehr zu sehen.

Sie marschierten eine halbe Stunde, ohne anzuhalten. Zweimal hörten sie in der Ferne Polizeisirenen heulen, und einmal bildete sich Jenny ein, gedämpfte Rufe aus einem fernen Teil des Gehölzes zu vernehmen. Doch sie befanden sich längst so tief im Wald, dass die Gefahr einer Entdeckung gering war.

Dafür hatten sie jetzt ein anderes Problem.

Als sich eine kleine, schattige Lichtung vor ihnen auftat, blieb Jenny stehen. »Stopp. Lass uns einen Moment verschnaufen.«

»Orrrgl?« Folgsam kehrte Morlo, der ihr ein paar Schritte voraus gewesen war, zurück und ließ sich neben Jenny auf einen umgestürzten Baumstamm plumpsen. Prüfend begutachtete er einen der umstehenden Bäume, dann riss er ein handtellergroßes Stück Rinde von dessen Stamm und steckte es sich in den Mund.

Jenny seufzte. Als sie in den Wald gerannt war, hatte sie versucht, sich die ungefähre Richtung zu merken, in die sie sich bewegten. Ihre Hoffnung war, dass sie sich auch ohne markierte Wege irgendwie bis zu dem Stadtteil durchschlagen könnten, in dem ihr Onkel lebte. Doch bereits nach ein paar Dutzend Schritten hatte sie diese Hoffnung begraben.

In dem wuchernden Dickicht musste man alle paar Schritte irgendwelchen Hindernissen ausweichen, sich hierhin und dorthin drehen, über Wurzeln steigen und störrisches Geäst beiseitebiegen. Schon nach wenigen Minuten hatte Jenny nicht mehr gewusst, ob sie noch in der ursprünglichen Richtung unterwegs waren, ob sie einen Bogen machten, oder ob sie am Ende vielleicht gerade dorthin zurückmarschierten, woher sie kamen. Ein moosbewachsener Baumstamm sah aus wie der nächste, das Buschwerk war überall ähnlich dicht. Orientierungspunkte wie die kleine Lichtung gab es so gut wie keine. Und anders als die schlauen Jugendlichen in Abenteuergeschichten und -filmen hatte Jenny auch zufälligerweise kein Stück Kreide dabei, mit dem sie Markierungen an Baumstämmen hätte anbringen können.

Morlo schien zu spüren, dass etwas nicht in Ordnung war. Kauend legte er den Kopf schief.

»Das mit dem Wald war eine blöde Idee«, gab Jenny zu und starrte auf das laubbedeckte Erdreich zwischen ihren Schuhen. »Aber was für eine Wahl hatten wir? Wären wir auf der Straße geblieben, säßest du jetzt im städtischen Zoo in einem Käfig, und irgendwelche Wissenschaftler würden eklige Untersuchungen an dir vornehmen.«

»Brrrooo«, sagte Morlo und schüttelte sich. Er riss ein weiteres

Stück Borke ab und hielt es Jenny hin. »Jonnno mompfff?«, wollte er wissen.

Kam es ihr nur so vor, oder verstand sie den Neandertaler immer besser? Vielleicht war es aber auch bloß Einbildung, weil sie ihn nun schon seit Stunden in seinem merkwürdigen Kauderwelsch plappern hörte.

»Nein danke.« Sie schüttelte den Kopf. »Hab keinen Hunger.«

Das stimmte nicht ganz. Außer der halben Portion Pommes hatte Jenny an diesem Tag noch so gut wie nichts gegessen. In ihrem Magen rumorte es wie im Zentrum einer Unwetterwolke. Zum Glück war sie noch nicht hungrig genug, um auf einem Stück Borke herumzukauen wie ein Neandertaler.

Sie mussten irgendwie aus dem Wald raus, und zwar nach Möglichkeit an einer Stelle, die weit genug vom Industriegebiet entfernt lag. Rings um das Betonwerk würden bis in den Abend hinein Streifenwagen patrouillieren. Möglicherweise hatten die Polizisten sogar in der Zwischenzeit Suchhunde herbeigeschafft und durchkämmten den Wald in der Nähe der Fabrik.

Aber wie sollten sie den richtigen Weg finden? Das Laub der Baumkronen war so dicht, dass man unmöglich sagen konnte, wo die Sonne gerade stand. Abgesehen davon hätte das Jenny auch nicht viel genützt. Sie hatte keine Ahnung, ob das Ende des Stadtwalds, das an Onkel Alberts Viertel grenzte, westlich, südlich oder östlich des Industriegebiets lag.

Es war zum Auswachsen!

»Schlllompf-looo?«, erkundigte sich Morlo schmatzend. Die

Baumrinde schien ihm vorzüglich zu munden, er riss noch mehr davon ab und verstaute einige Stücke für später in den Taschen seines zerfledderten Mantels. Als Sudoku neugierig den Kopf herausstreckte, bot er ihm etwas an, doch der kleine Hund lehnte nach kurzem Schnüffeln ab.

»Was?« Jenny schrak aus ihren düsteren Gedanken hoch. »Wie auch immer. Rumsitzen bringt uns nicht weiter.« Sie stand auf. »Wir müssen versuchen, uns irgendwie zu Onkel Albert durchzuschlagen. Mit etwas Glück müsste der Weg in etwa drei Stunden zu schaffen sein. Wenn wir dagegen Pech haben und in die falsche Richtung gehen, sind wir bis spät in die Nacht unterwegs und landen irgendwann im Nachbarort. Ich würde sagen, unsere Chancen stehen ungefähr fifty-fifty.«

»Onnnko Olllbert?«, wiederholte Morlo interessiert.

»Ihm gehört das Haus, in das dich der Zeittransporter versetzt hat.« Jenny zeichnete mit den Händen die Form der Metallwanne nach, dann den Umriss des Schirms, der darüber hing. Schließlich bildete sie mit den Händen ein Dach über ihrem Kopf, um Onkel Alberts Haus darzustellen.

»Onnnko Olllbert … Hooos«, murmelte Morlo.

»Genau. Da gehen wir jetzt hin«, verkündete Jenny mit mehr Überzeugung, als sie tatsächlich verspürte. »Hoffentlich!«

Sie brachen auf.

Der Boden war weich und federnd, in den Ästen über ihren Köpfen zwitscherten unsichtbare Vögel. Blätter raschelten im Wind, irgendwo weit entfernt war das Hämmern eines Spechts zu hören.

Unter anderen Umständen hätte es ein idyllischer Spaziergang sein können. Wie die Dinge jedoch lagen, fiel es Jenny schwer, die naturbelassene Umgebung auch nur ansatzweise zu würdigen.

Je länger sie unterwegs waren, desto mehr zeigte sich, dass Morlo im Unterholz besser zurechtkam als sie. *Kunststück*, dachte Jenny. *Wo er herkommt, stiefelt er wahrscheinlich jeden Tag durch den Urwald, um an etwas zu beißen zu kommen.*

Nach einer Weile einigten sie sich darauf, dass der Neandertaler die Führung übernahm. Er war bemerkenswert geschickt darin, auf dem unebenen Grund sicher aufzutreten – zumindest, nachdem er sich der alten Halbschuhe entledigt hatte, die ihn dabei sichtlich behinderten. Auch den ziemlich mitgenommenen Trenchcoat warf er nach einer Weile von sich, da der Stoff immer wieder in Dornen und Ästen hängen blieb. Die ausgebeulte Jogginghose schien ihn dagegen nicht weiter zu stören, er behielt sie an. Jenny war durchaus dankbar dafür. Ihr Verlangen, beim Gänsemarsch durch das Unterholz ständig auf einen dicht behaarten Neandertalerhintern zu starren, hielt sich in Grenzen.

Anfangs versuchte sie noch, Morlo zumindest grob die Route vorzugeben. Bald jedoch überließ sie es allein ihm, wohin sie sich wandten. Sie hatte längst jede Orientierung verloren, da war eine Richtung so gut oder schlecht wie die andere.

Stunden vergingen. Längst taten Jenny die Füße weh, ihr war kalt, und sie hatte Hunger. Doch sie sagte nichts. Morlo beschwerte sich schließlich auch nicht. Verbissen folgte sie dem Neandertaler, der wie eine Planierraupe vor ihr durchs Buschwerk brach, wobei er heiter vor sich hinsummte, Baumrinde kaute und ab und zu ein Stöckchen warf, das Sudoku sogleich apportierte. Er schien sich in dieser Welt aus schattigem Grün wie zu Hause zu fühlen. Von der übertriebenen Vorsicht, die er in der Stadt an den Tag gelegt hatte, war nichts mehr zu spüren. *Die Wildnis ist seine Heimat*, wurde Jenny klar. *Im Wald kennt er sich aus, hier hat er alle Tricks drauf. So wie ich in der City. Schon verrückt, wie stark sich der Mensch im Verlauf von 100 000 Jahren verändert hat …*

Sie war so in Gedanken versunken, dass sie den steilen Abhang erst bemerkte, als ihr rechter Fuß urplötzlich ins Leere trat. Jenny stürzte vorwärts, und bevor sie Luft für einen Schreckensschrei fand, schlug sie auch schon hart auf dem Boden auf. Sofort geriet sie ins Rutschen. Laub und kleine Äste wirbelten durch die Luft, als sie über den feuchten Boden abwärtssauste. Baumstümpfe und Luftwurzeln verpassten ihr ruppige Knüffe in die Rippen, Steinchen pikten schmerzhaft in ihre Kehrseite.

Und sie wurde immer schneller!

Panik erfasste sie. Was, wenn sie sich hier draußen in der Wildnis ein Bein brach und nicht mehr laufen konnte? Wer würde sie …

»Grompfff!«

Ein kurzer Ruck, und die Rutschpartie endete abrupt.

Als Jenny die Augen wieder öffnete, starrte sie in das grinsende Gesicht Morlos, der breitbeinig über ihr stand. Er hatte die Füße tief in einen Erdwall gegraben und so einen sicheren Stand gefunden. Mit einem seiner langen Arme hielt er sich an einer kräftigen Eibe fest, mit der anderen Hand hatte er kurzerhand Jennys Handgelenk gepackt, als sie an ihm vorüberschlitterte.

»Jonnno Obocht«, sagte er fröhlich und half Jenny wieder auf die Füße.

»Danke schön.« Verlegen klopfte sie sich Erde und Gras von der Hose. »Das war jetzt schon das zweite Mal, dass du für mich den Schutzengel gespielt hast.« Sie spähte in die Höhe, wo die Sonne hinter dem Blätterdach der Bäume allmählich tiefer sank. Eine unangenehme Kälte stieg aus dem feuchten Boden auf. Sie seufzte mutlos. »Wenn du jetzt noch den Weg zu Onkel Alberts Haus finden könntest, bevor die Nacht anbricht, wärst du mein erklärter Held.«

Kaum hatte sie den Satz beendet, da wurde Morlos Grinsen breiter. »Morrrlo Hold!«, wiederholte er, reichte Jenny eine Hand und geleitete sie den Rest des Abhangs hinab.

Am Fuß der Böschung wuchs das Unterholz weniger dicht. In der Hoffnung auf eine weitere Lichtung, wo sie eine kurze Rast einlegen konnten, bog Jenny die Äste beiseite, machte einige Schritte vorwärts …

… und stand unvermittelt im Freien.

Ungläubig sah sie sich um. Vor ihr lag ein Streifen verwilderter Wiese, dahinter schloss sich eine Straße an. Die Strahlen der untergehenden Sonne tauchten die Dächer der Häuser auf beiden Seiten in einen goldenen Schein.

Irgendwie kam die Gegend Jenny vertraut vor. Sie folgte dem Verlauf der Straße mit den Augen, bis sich die Fahrbahn etwa zweihundert Meter weiter mit einer anderen Straße vereinte. Diese kam ihr sogar *noch* vertrauter vor. Alte, spitzgieblige Häuser mit großen Gärten und altem Baumbestand. Auf einem der Dächer blitzte etwas im Licht der Abendsonne metallisch auf …

»Onkel Alberts Wetter- und Klima-Analysator«, entfuhr es Jenny. Mit großen Augen drehte sie sich zu Morlo um. »Das ist Onkel Alberts Haus!«

»Onnnko Olllbert. Hooos«, bestätigte der Neandertaler. »Morrrlo Hold!«

Jenny verspürte den Impuls, den Urmenschen zu umarmen, doch sie besann sich rasch eines Besseren. Die Brust des Neandertalers war ihr dafür doch ein wenig zu haarig, außerdem hatte sich sein Geruch im Verlauf der schweißtreibenden Wanderung nicht gerade verbessert.

Stattdessen legte sie ihm anerkennend eine Hand auf die Schulter. »Das hast du spitze gemacht! Du bist ohne Zweifel der beste Fährtensucher, den ich je getroffen habe.« Sie hielt inne, runzelte die Stirn. »Aber wie hast du das angestellt? Wie konntest du dich in diesem Dickicht orientieren? Wie konntest du Onkel Alberts Haus wiederfinden, das du vorher nur ein einziges Mal kurz gesehen hattest?«

Morlo grinste. Falls er Jenny verstanden hatte, war ihm offenbar nicht nach einer Antwort.

Auf dem Boden zwischen ihnen begann Sudoku, leise zu winseln.

»Schon gut, wir gehen ja schon.« Jenny kontrollierte die Straße, doch in keiner Richtung waren Fußgänger oder Autos zu sehen. Die Leute saßen vermutlich alle schon beim Abendessen oder vor der Glotze.

Mit einer Handbewegung gab sie Morlo zu verstehen, dass er aus dem Gebüsch hervorkommen konnte. »Wir haben es geschafft«, erklärte sie, während sie auf Professor Tuffhäusers Anwesen zumarschierten. »Jetzt bist du so gut wie zurück in der Steinzeit.«

Tücken der Technik

»Psssst! Keinen Mucks, hast du verstanden?« Lautlos schloss Jenny die Haustür hinter sich und bedeutete Morlo mit vor die Lippen gelegtem Zeigefinger, dass er sich ab jetzt möglichst geräuschlos verhalten sollte.

»Holllg«, sagte Morlo und legte ebenfalls einen Zeigefinger vor die Lippen. Nach einem Moment des Überlegens fuhr er ihn ein Stück höher und versenkte ihn in einem seiner weiten Nasenlöcher.

Sie hatten Professor Tuffhäusers Haus ohne weitere Zwischenfälle erreicht. Leider gab es auf der Außenseite der Mauer, die das Anwesen umgab, kein Bäume, Morlo konnte das Grundstück also nicht auf dieselbe Weise betreten, wie er es am Vormittag verlassen hatte. Jenny blieb daher nichts anderes übrig, als gemeinsam mit ihm den Weg über die alarmgesicherten Trittsteine in Vorgarten einzuschlagen. Ein riskantes Unterfangen.

Zum Glück stellte sich Morlo als gelehriger Beobachter heraus. Jenny machte ihm die korrekte Folge von ein- und zweibeinigen Hüpfern, Auslassungen und Gleichzeitiglandungen einmal extra langsam vor. Dann kehrte sie zurück und hüpfte ein weiteres Mal zur Haustür, diesmal in normalem Tempo. Zwischendurch vergewisserte sie sich mit Blicken über die Schulter, ob Morlo ihr auch aufmerksam zusah.

Nachdem sie unbeschadet erneut vor der großen Tür angelangt war, gab sie dem Neandertaler ein Zeichen, ihr zu folgen. Morlo nickte, nahm Anlauf und hopste mit Schwung auf die erste Steinfliese. Jenny kniff instinktiv die Augen zu. Sie wollte lieber nicht mit ansehen, was geschähe, wenn Morlo einen Fehler machte. Die vergrabenen Hochdruckkatapulte würden ihn ohne viel Federlesens auf das Dach eines Nachbarhauses schießen, von wo er dann weiter in den darunterliegenden Speicher krachen würde und …

Als nach zwei Sekunden noch immer kein verräterisches *Zschschsch-Sproinggg* ertönt war und auch kein kehliger, sich rasch entfernender Schrei, öffnete sie vorsichtig ein Auge.

Morlo stand vor ihr auf der untersten der drei Stufen, die zur Haustür emporführten, und grinste sie an, wie nur ein Neandertaler grinsen konnte. Er hatte den Parcours aus komplizierten Hüpfern fehlerfrei absolviert – schneller, als Jenny es jemals hinbekommen hatte, und das, obwohl er Sudoku in der Armbeuge trug.

Erleichtert streckte Jenny einen nach oben gerichteten Daumen in die Höhe, als Zeichen, dass er seine Sache gut gemacht hatte. Sofort reckte Morlo ebenfalls einen Daumen hoch.

Zum Glück war Jenny vorausschauend genug gewesen, einen Hausschlüssel einzustecken. Ohne die Klingel betätigen zu müssen, öffnete sie die Tür, und sie traten ein.

Die Eingangshalle war leer. Im ganzen Haus war kein Laut zu hören. Jenny stoppte und lauschte konzentriert die Treppe hinauf.

Nichts.

Ob Onkel Albert wohl schon wieder schlief? Oder immer noch?

Jenny hatte jetzt keine Zeit, sich zu vergewissern. Sie musste einen Neandertaler zurück in die Steinzeit schicken.

»Psssst«, machte sie erneut, hüpfte geräuschlos über die alarmgesicherte falsche Fußmatte und huschte auf Zehenspitzen den Flur hinunter. Nasebohrend, aber ebenfalls lautlos, tat Morlo es ihr gleich.

An der Tür zum Labor hielt Jenny erneut inne und spähte prüfend hinein. Auch dort war niemand. Nichts schien sich seit ihrem überstürzten Aufbruch verändert zu haben. Das bedeutete, Onkel Albert hatte sich Jennys Rat zu Herzen genommen und den Tag im Bett verbracht. Ein Glück – das steigerte die Chance, dass er von dem ganzen Zwischenfall nichts mitbekommen würde. Lediglich für die kaputte Fensterscheibe würde Jenny sich später irgendeine glaubwürdige Ausrede einfallen lassen müssen …

Sie wartete, bis Morlo ebenfalls eingetreten war, und schloss die Tür. Jetzt erst erlaubte sie ihm, Sudoku abzusetzen. Der kleine Hund wäre bei geöffneter Tür schnurstracks in Onkel Alberts Schlafzimmer gesaust und hätte den Erfinder mit lautem Gebell darauf aufmerksam gemacht, dass seine Nichte zurück war. Das konnte Jenny gerade absolut nicht brauchen. Wenn der Professor schlummerte, sollte er das weiter tun, bis sie hier unten alles erledigt hatte.

»So, dann wollen wir mal sehen …«

Das Bedienfeld am Rand der Wanne hatte mehr Knöpfe und Schalter, als Jenny in Erinnerung hatte. Die meisten waren entweder überhaupt nicht beschriftet oder mit mathematischen Symbolen versehen, die ihr nicht das Geringste sagten.

»Olllf?«

Jenny erschrak, als warmer Neandertaleratem ihr Ohr streifte. Morlo war hinter sie getreten und schaute ihr interessiert über die Schulter. Er schien zu spüren, dass Jenny angespannt war und dass ihre Sorge ihm galt. Vielleicht begriff er sogar, was sie vorhatte.

»Morrrlo olllf?«

»Klar, sicher … was auch immer das heißt«, erwiderte Jenny, ohne von dem Sammelsurium an Tasten aufzusehen. »Wenn ich bloß wüsste …« Plötzlich fiel ihr ein runder Knopf ins Auge, nicht weit von dem Drehrädchen entfernt, mit dem man die Zeit einstellte. Er war mit zwei gebogenen Pfeilen beschriftet, die sich gegen den Uhrzeigersinn drehten. Die Spitze des einen zeigte auf das hintere Ende des zweiten und umgekehrt, wie zwei Schlangen, die sich gegenseitig in den Schwanz bissen.

»Das muss es sein … das Symbol für ›rückwärts‹. Oder besser: für ›Rücktransport‹.« Jenny drückte den Knopf.

Er begann, grün zu leuchten.

Als Nächstes kontrollierte sie die Ziffern der Digitalanzeige. ›100 000‹ stand dort nach wie vor. Alles bestens.

»Na dann …« Jenny drehte sich um.

Morlo hockte auf dem Boden, Sudoku auf seinem vorgewölbten, haarigen Bauch. Er kraulte dem kleinen Hund die Ohren, während dieser ihm hingebungsvoll die breite Nase abschleckte.

»Horrr-horrr-horrr«, lachte Morlo.

Es tat Jenny beinahe leid, das traute Beisammensein zu beenden, aber Morlo musste verschwinden, bevor Onkel Albert spitzkriegte, dass sie sich an einer seiner Erfindungen zu schaffen gemacht hatte.

»Morlo?« Jenny deutete auf die Wanne. »Wenn du so freundlich wärst?«

Morlo schien zu begreifen. Einen Moment lang erwiderte er Jennys Blick beinahe traurig, dann drückte er Sudoku zum Abschied fest an sich, setzte ihn neben sich auf den Boden und rappelte sich auf. Als er Anstalten machte, in die Zeitmaschine zu klettern, hielt Jenny ihn zurück.

»Moment noch!« Sie deutete auf die verdreckte Jogginghose, das letzte verbliebene Stück von Morlos Verkleidung. »Ich denke, die lässt du besser hier.«

Aus Science-Fiction-Filmen wusste Jenny, welche verrückten Auswirkungen es auf die Gegenwart haben konnte, wenn man beim Zeitreisen versehentlich die Vergangenheit beeinflusste – und sei es nur durch eine Jogginghose, die 100 000 Jahre zu früh auf der Bildfläche erschien. Man brauchte nicht viel Fantasie, um sich den Trubel vorzustellen, wenn auf Neandertaler-Höhlenmalereien in Naturkundemuseen im ganzen Land von einem auf den anderen Tag plötzlich Urmenschen in Jogginghosen auftauchen würden.

Morlo gehorchte und stieg umständlich erst aus einem Hosenbein, dann aus dem anderen. »Dooo«, sagte er und hielt Jenny den ausgeleierten Fetzen hin.

»Äh … danke.« Mit spitzen Fingern nahm sie die Hose entgegen und entsorgte sie in einem der Nuklear-Müllschlucker des Labors. Als sie zurückkehrte, hockte Morlo in der Wanne, die Knie angezogen, die langen Affenarme darum geschlungen. »Morrrlo zo-hooot«, sagte er.

Spätestens jetzt war Jenny sicher, dass er genau kapiert hatte, was geschehen würde. Sie hob eine Hand zum Abschied. »Gute Reise, Morlo. War schön, dich getroffen zu haben.«

Morlo hob ebenfalls eine Hand. »Odooo!«

Jenny wusste nicht, was sie noch sagen sollte, daher drückte sie, genau wie beim ersten Mal, den Knopf mit der Aufschrift BEAM.

Wie erwartet leuchtete der Trichter über der Wanne grell auf. Das Licht wurde heller, und obwohl Jenny mittlerweile wusste, wie der Apparat funktionierte, trat sie sicherheitshalber zwei Schritte zurück. Winselnd, mit eingeklemmtem Schwanz, suchte Sudoku hinter ihren Beinen Deckung. Morlo in der Wanne umklammerte seine haarigen Beine fester und kniff die Augen zu.

Das dumpfe Dröhnen setzte ein. Je lauter es wurde, desto stärker geriet die Maschine in Vibration. Ihre metallenen Füße klapperten auf den Bodendielen des Labors.

Schließlich blitzte es im Innern des Trichters auf, und ein gleißender Energiestrahl schoss senkrecht nach unten in die Wanne.

WUUUUUSCH!

Stille senkte sich über die Werkstatt.

Wie beim ersten Mal war Jenny geblendet. Sie rieb sich die Augen, wobei sie sich wünschte, sie hätte die hässliche Sonnenbrille ein wenig länger aufbehalten. »Das wäre vollbracht«, sagte sie und streichelte Sudoku über den zotteligen Kopf. »Ein abenteuerlicher Tag, was? Ein Glück, dass am Ende alles noch …«

»Orrrl?«, sagte eine tiefe Stimme.

»Orrrl?«, sagte eine zweite, verdächtig ähnlich klingende Stimme.

Jenny zuckte zusammen, blinzelte erneut. Viel zu langsam nahm das Labor mit seinen Maschinen und Werkbänken um sie herum wieder feste Konturen an.

Sie erkannte die Zeitmaschine, die nach wie vor am selben Ort stand, und darin …

… nicht einen, sondern *zwei* breitschultrige, dicht behaarte Höhlenmenschen, die sich in dem engen Bottich so dicht gegenübersaßen, dass sie mit den haarigen Knien gegeneinanderstießen.

»Morrrlo zo-hooot?«, erkundigte sich der rechte Neandertaler verunsichert. Morlo, kein Zweifel.

»Lomorrr wooo?«, grunzte der andere, dessen Schädel vielleicht noch eine Spur flacher war als der Morlos, dem er ansonsten aber zum Verwechseln ähnlich sah.

»Ach du dickes Bohnenmus!« Jenny spürte, wie ihr die Knie weich wurden.

Die beiden Urmenschen blinzelten ebenfalls, doch sie schienen bereits etwas erkennen zu können. Als sie realisierten, dass sie zu zweit in der Wanne saßen, weiteten sich ihre tief liegenden Augen voller Begeisterung.

»Morrrlo?«, rief der fremde Neandertaler ungläubig.

»Lomorrr?«, entgegnete Morlo erfreut.

Einen Augenblick später lagen sich die Höhlenmenschen grunzend in den Armen.

Jenny räusperte sich. »Ihr, äh … ihr beide kennt euch also. Wie schön.« Von der Seite schob sie sich an die Zeitmaschine heran und inspizierte erneut die Bedienelemente. Der runde Knopf mit dem

Umkehr-Pfeilsymbol leuchtete nach wie vor grün. Wieso hatte es nicht funktioniert?

Statt Morlo in seine Zeit zurückzuschicken, hatte Jenny *noch einen* Neandertaler in die Jetzt-Zeit geholt. Eine Katastrophe!

»Lomorrr gronkkk bolllok«, erklärte Morlo seinem Artgenossen aufgeregt.

»Morrrlo oppp? Lomorrr oppp?«, wollte der zweite Höhlenmensch wissen. Die beiden schienen sich tatsächlich gut zu kennen. *Vielleicht sind sie Cousins oder so*, dachte Jenny. Die Ähnlichkeit sprach zumindest dafür.

»Hört mal, Leute«, schaltete sie sich wieder ein. »Ich störe eure Wiedersehensfreude nur ungern, aber mir ist da offenbar ein kleines Malheur passiert. Wir müssen es noch mal versuchen. Und zwar sofort!«

Jetzt erst wurden die beiden Neandertaler auf sie aufmerksam. »Jonnno!«, rief Morlo erfreut und pellte sich aus der engen Wanne. Auch der Neuankömmling erhob sich, wobei er seine Umgebung ähnlich skeptisch musterte wie sein Cousin einen halben Tag zuvor.

»Immer schön cool bleiben … Lomor, oder wie du heißt«, sagte Jenny sanft. Wenn der neue Neandertaler sich ebenfalls entschloss, eine Panikattacke zu kriegen und auszubüxen, war sie geliefert!

Doch die Anwesenheit seines Cousins schien den fremden Urmenschen zu beruhigen. Interessiert beobachtete er, wie Morlo sich bückte und den begeistert kläffenden Sudoku in die Arme schloss.

Jenny beschloss, die Ablenkung auszunutzen. Lomor stand noch immer in der Wanne, also beugte sie sich rasch über die Bedienelemente. Zeit auf 100 000, Rückkehrtaste grün … es *musste* einfach funktionieren.

Jenny drückte erneut auf BEAM.

WUUUUUSCH!

Diesmal zuckte der Lichtblitz fast augenblicklich herab. Vielleicht dauerte es nur bei einem Neustart eine Weile, bis die Maschine genügend Energie im Metallschirm gesammelt hatte. War sie erst einmal vorgeheizt, funktionierte der Zeittransfer auf Knopfdruck.

Das Geplapper der beiden Neandertaler war verstummt. Geblendet von dem erneuten Blitz, drehte sich Jenny in Morlos Richtung. »So. Jetzt noch du, dann ist endlich wieder alles in …«

»Rolllmo?« Morlo, der sein Augenlicht schneller zurückgewonnen hatte als Jenny, starrte mit großen Augen Richtung Zeitmaschine.

Mit einem unguten Gefühl drehte sich Jenny um.

In der Metallwanne stand Lomor, der allem Anschein nach *nicht* zurück in die Steinzeit geschleudert worden war.

Neben ihm stand ein dritter Neandertaler, der ihn und Morlo um einen guten Kopf überragte.

»Rolllmo wooo?«, grunzte der große Urmensch unleidlich.

»Nein, nein, nein!« Jenny schlug sich mit der Hand vor den Kopf.

Es war schon wieder schiefgegangen!

»Rolllmo!« Begeistert sprang Morlo zur Zeitmaschine und umarmte den Neuankömmling überschwänglich. Rolmo schien ein weiterer Cousin zu sein, oder aber die drei stammten zumindest aus derselben Sippe.

»Groot o-krooot!«, verkündete Rolmo und stieg ohne viel Federlesens aus der Wanne. Er schien deutlich weniger schreckhaft als seine beiden Vettern, aber Jenny war sich nicht sicher, ob das gut war oder eher schlecht.

»Kroool!« Laut schnüffelnd begann Rolmo, durch die Werkstatt zu stapfen.

Jenny reagierte blitzschnell. Unauffällig huschte sie zur hinteren, dem Garten zugewandten Seite des Labors und betätigte den Knopf für die elektrischen Rollläden. Summend sank sowohl vor der zerschmetterten als auch vor den intakten Scheiben eine silbrig glänzende Barriere zu Boden. Die Fensterläden bestanden, Onkel Alberts Angst vor Einbrechern sei Dank, aus Edelstahl. Zumindest der Fluchtweg durch den Garten war den steinzeitlichen Besuchern damit abgeschnitten.

»Horrr-horrr!«

Das kehlige Lachen eines Neandertalers ließ Jenny herumwirbeln.

Rolmo hatte auf einer Werkbank den klobigen Ganzkopf-Helm mit den wippenden Antennen entdeckt, von dem sich Jenny am Vormittag noch gefragt hatte, wozu er wohl gut war. Jetzt sollte sie es erfahren – denn Morlos kräftiger Cousin hatte sich das Ding kurzerhand aufgesetzt und taumelte, die Arme tastend ausgestreckt, damit quer durchs Labor.

»Horrr-horrr-horrr!« Seine Cousins fanden den Anblick offenbar höchst erheiternd. Sie lachten aus voller Kehle und schlugen sich auf die Schenkel.

Jenny eilte zu Rolmo und zerrte ihm den Apparat vom Kopf.

Die Neandertaler hinter ihr verstummten. Eine Sekunde darauf lachten sie doppelt so laut erneut los.

»HORRR-HORRR-HORRR!«

Das schulterlange Haar Rolmos, das ihm zehn Sekunden zuvor noch fettig und verfilzt in Gesicht und Nacken gehangen hatte, stand jetzt in Form einer kreisrunden, fein gelockten Haarkugel in alle Richtungen ab.

»Brommm?«, machte Rolmo verwirrt.

Jenny warf den Frisierhelm auf einen Arbeitstisch und rannte zur Zeitmaschine. Lomor stand noch immer in der Wanne, klatschend und johlend vor Begeisterung über die unerwartete Verwandlung seines Vetters.

In rascher Folge drückte Jenny erneut auf den grün leuchtenden Knopf, von dem sie annahm, dass er für »Rückkehr« stand. Das grüne Leuchten erlosch, um beim nächsten Drücken wiederum grün zu erstrahlen.

»Verflixt, warum klappt das bloß nicht?«

Jenny drückte BEAM.

WUUUUUSCH!

Stille.

Dann: »Ommmlor?«

»Morrrlo! Rolllmo! Lomorrr!«

Jenny wollte nicht hinsehen. Natürlich tat sie es doch.

Neben Lomor, der ihn bereits erfreut umarmte, stand ein vierter Höhlenmensch in der Wanne. Er war kleiner als die anderen, dafür trug er einen enorm dicken Bauch vor sich her.

»Ommmlor wooo?«, erkundigte er sich verdattert.

»Horrr-horrr!« Rolmo, der seine Erkundung des Labors fortgesetzt hatte, hatte inzwischen eine Art Bügelbrett aus Metall entdeckt, das wenige Zentimeter über dem Boden in der Luft schwebte. Jenny erinnerte sich an diese Erfindung: Ihr Onkel hatte sie konstruiert, als Jenny gerade das Skateboarden für sich entdeckt hatte. Kleine, extrem starke Luftkissen hielten das »Airboard«, wie der Professor sein Werk genannt hatte, eine Handbreit über dem Boden. Ein leichter Schubser genügte, und das Brett zischte in einem Höllentempo in jede beliebige Richtung.

Dummerweise auch, wenn ein Neandertaler darauf stand.

»HORRR! HORRR!«

Grölend und heftig mit dem Armen rudernd, sauste Lomor quer durch die Werkstatt. Morlo und Rolmo klatschten begeistert Beifall. Der soeben eingetroffene Omlor kletterte aus der Wanne und untersuchte mit hungrigem Blick die Werkbänke nach etwas Essbarem. Er stieß auf einige murmelgroße Schraubenmuttern, die er neugierig anstarrte. Dann warf er sich eine nach der anderen in den Mund und schluckte sie kurzerhand hinunter.

»Horrr! Horrr! Ho…«

BROCHHH!

Rolmo war mit dem Airboard gegen eine Wand gedonnert, vom Brett gefallen und kugelte jetzt grunzend über den Boden. Morlo und Lomor brüllten vor Lachen.

Jenny schlug die Hände vors Gesicht. Wie sollte sie dieses Chaos bloß in den Griff kriegen?

Als sie wieder aufsah, balancierte Morlo mit Sudoku im Arm auf einem gepanzerten Glasgefäß, das Onkel Albert zur Zucht von Tiefseefischen gebaut hatte. Lomor hatte einen stählernen Handschuh entdeckt, den der Professor einst zur Vereinfachung der Apfelernte entwickelt hatte und der die Bewegungen einer darin steckenden Hand auf einen Punkt in mehreren Metern Entfernung übertrug. Mit seiner Hilfe kraulte er Rolmo, der ein paar Meter neben dem Airboard am Boden lag, den Bauch. Beide lachten brüllend. Am anderen Ende des Labors verzehrte der dicke Omlor in aller Seelenruhe kleine Glühbirnen und Kunststoffschalter.

In diesem Moment übertönte eine entgeisterte Stimme das Chaos: »Hätte vielleicht jemand die Freundlichkeit, mir zu verraten, was hier vor sich geht?«

In der Tür der Werkstatt stand, bekleidet mit Nachthemd, Morgenmantel und Pantoffeln, Professor Albert Tuffhäuser.

Endlich nach Hause

»Onkel Albert!« Für einen kurzen Moment war Jenny erschrocken, doch dann überwog ihre Erleichterung. Die Sache war außer Kontrolle geraten, und der Einzige, der alles wieder in Ordnung bringen konnte, war Onkel Albert.

Dankbar lief sie zu ihm. »Wie geht es dir, Onkel Albert? Fühlst du dich nicht mehr krank?«

»Es ging mir nie besser«, entgegnete der Erfinder, dessen Stimme tatsächlich längst nicht mehr so verschnupft klang wie am Morgen. »Das Mittel, das du besorgt hast, wirkt fantastisch – sogar gegen Erfindergrippe. Erinnere mich daran, dass ich bei Gelegenheit selber mal so was erfinde.«

Hinter Jenny ertönte eine Folge donnernder Schläge. Rolmo hatte versucht, mit einem Dutzend faustgroßer Uranbatterien zu jonglieren. Möglicherweise hatte er die schweren Metallzylinder auch nur kräftig in die Luft geworfen. Jetzt prasselten sie jedenfalls wie kiloschwere Hagelkörner auf die Bodendielen des Labors.

Morlo und Lomor feierten ihr Wiedersehen unterdessen mit einem ausgelassenen Tanz, in dessen Verlauf sie immer wieder Hand in Hand um einen Tisch mit vier eingeschalteten PCs herumhüpften. Ihre wilden Sprünge brachten die Tischplatte zum Erzittern, wodurch einer der Monitore bedenklich dem Rand entgegenhüpfte.

Omlor, offenbar noch immer hungrig, hatte eine Sammlung Schraubenzieher entdeckt und kaute versonnen auf deren Plastikgriffen herum.

Jenny spürte, dass eine Erklärung angebracht war. »Es … es war keine Absicht, Onkel Albert, das musst du mir glauben! Da war all das schmutzige Geschirr … und du hast doch keine Spülmaschine, jedenfalls keine nutzbare. Deswegen habe ich eine Tasse zum Ausprobieren in die Wanne gepackt, und da sprang Morlo auch schon durch die Scheibe, und dann musste ich hinter ihm her, und in der Stadt hat er plötzlich …«

Professor Tuffhäuser hob eine Hand. »Langsam, mein liebes Kind, langsam! Und von Anfang an, wenn ich bitten darf.« Entgegen Jennys Befürchtung machte der Erfinder keinen wütenden Eindruck. Vielleicht würde sie um das erwartete Donnerwetter ja herumkommen?

Sie holte tief Luft und erzählte ihrem Onkel der Reihe nach, was passiert war.

»… und dann habe ich den Umkehrknopf aktiviert«, kam sie zum Ende. »Aber die blöde Maschine hat Morlo nicht zurück in seine Zeit geschickt. Stattdessen hat sie *noch einen* Urmenschen aus der Steinzeit hierher versetzt! Und dann noch einen … und noch einen … und noch einen.« Sie deutete zerknirscht über ihre Schulter.

Die Neandertaler-Bande hatte im Labor des Professors nach wie vor einen Heidenspaß. Morlo lag jetzt bäuchlings auf dem Airboard, wobei er sich mit den Armen antrieb. Rolmo hockte wie ein Reiter auf seinem Rücken und feuerte seinen Cousin mit wildem Grunzen an. Mit kräftigen Stößen brachte Morlo sie auf Tempo und sauste unter einer Werkbank hindurch – die für Rolmo natürlich zu niedrig war. Der große Neandertaler knallte mit der Brust gegen die Tischkante und wurde rücklings von Morlos Rücken gefegt. Lomor, der auf einem Tisch hockte und eine Computermaus wie ein Lasso über dem Kopf schwang, kriegte sich vor Lachen kaum ein. Omlor hing in einem orthopädischen Spezialstuhl mit Massagefunktion und kaute auf einer Handvoll phosphoreszierender Bleistifte herum, deren Schrift bei Nacht leuchtete – wie jetzt auch seine Zähne.

Unwillkürlich zog Jenny den Kopf ein. Jetzt würde sie kommen, die verdiente Schimpftirade!

Aber sie kam nicht. Als Jenny verdutzt wieder aufsah, wurde ihr klar, wieso.

Ihr Onkel *grinste.*

»Ich muss schon sagen … ich bin beeindruckt, mein Kind! Du hast die Funktionsweise meines Temporal-Teleportierers korrekt analysiert und seine Bedienung ohne jede wissenschaftliche Anleitung erlernt. Allein die Bedeutung des Knopfes mit den beiden linksdrehenden Pfeilen hast du dir nicht richtig zusammengereimt. Aber ich bin sicher, dass das nur an meiner missverständlichen Beschriftung lag.«

»Nicht richtig …« Irgendwo hinter Jenny stürzte etwas krachend zu Boden. Sie sah nicht hin. »Dann *habe* ich gar nicht die Umkehrfunktion aktiviert?«

Professor Tuffhäuser schüttelte den Kopf. »Es würde zu weit führen, dir die Funktionsweise dieses Gerätes vollständig zu erklären, an dem ich immerhin fast zwanzig Jahre gearbeitet habe. Aber um deine Frage zu beantworten: nein. Der Knopf, den du gedrückt hast, ist die Wiederholungsfunktion.«

Jenny machte ein dummes Gesicht. »Hä?«

»Leuchtet der grüne Knopf, während du auf BEAM drückst, wiederholt der Temporal-Teleportierer den letzten Transport durch die Zeit, in diesem Fall die Versetzung eines Neandertalers aus dem Jahr 100 000 vor Beginn unserer Zeitrechnung ins Hier und Jetzt.« Er zückte ein Taschentuch und schnäuzte sich umständlich die Nase. »Ich habe diese Funktion eingebaut für den Fall, dass ich während der Arbeit mit dem Gerät einmal versehentlich die Jahreszahl verstelle. Sollte ich in so einem Fall einen weiteren Transfer aus derselben Zeit vornehmen wollen – mir zum Beispiel ein zweites Dinosaurier-Ei aus der Epoche des Jura kommen lassen –, so brauche ich nur den grünen Knopf zu aktivieren und die Maschine auszulösen. Kapiert?«

Jenny nickte. Hinter ihr segelte ein schwerer Schreibtischstuhl durch die Luft und landete klirrend in einer Fensterscheibe. Zum Glück war es die, die als Folge von Morlos Sprung ohnehin schon kaputt war. »Dann gibt es keine Umkehrfunktion?«, wollte sie mit zittriger Stimme wissen. »Heißt das, Morlo, Lomor, Rolmo und Omlor müssen für immer hierbleiben?«

Jetzt lachte Professor Tuffhäuser laut. »*Natürlich* gibt es eine Umkehrfunktion, du Dummerchen! Du hast sie nur nicht gefunden.« Er schlurfte in seinen Pantoffeln zur Zeitmaschine hinüber und deutete auf einen quadratischen Knopf, der nicht anders aussah als ein Dutzend andere. Mit schwarzem Filzschreiber war ein Minuszeichen darauf gemalt.

»Ich gebe zu, die Beschriftung ist nicht gerade selbsterklärend«, murmelte der Professor. »Dennoch sollte es uns hiermit ein Leichtes sein, diese ungebetenen Gäste dahin zurückzuschicken, wo sie hingehören.«

Jenny fühlte sich maßlos erleichtert. »Und ... du bist nicht böse auf mich, weil ich eine deiner Erfindungen benutzt habe?«

Professor Tuffhäusers Augen hinter der winzigen Brille blitzten amüsiert. »Natürlich war es ungezogen von dir, dich über meine Anweisungen hinwegzusetzen. Aber der Anlass war ein guter: Du wolltest dich nützlich machen. Außerdem hat die ganze Sache auch einen produktiven Nutzen für mich.«

»Einen Nutzen?«

Der Erfinder nickte. »Der Umstand, dass sogar ein Kind von dreizehn Jahren den Teleportierer ohne fachkundige Anleitung gleich viermal erfolgreich benutzen konnte, beweist, dass meine Konstruktion schon sehr ausgereift ist. Das erspart mir wochenlange Tests mit externen Versuchspersonen.«

Jenny atmete aus. »Das mit der Scheibe tut mir leid. Ich werde die neue von meinem Taschengeld abstottern.«

Der Professor winkte ab. »Ich wollte das herkömmliche Glas ohnehin in Kürze ersetzen. Sag es nicht weiter, aber ich habe ein völlig neuartiges, *transparentes* Metall entwickelt, das die internationale Fensterindustrie schon bald ...«

Hinter ihnen schepperte es, als tanze ein Elefant in einem Porzellanladen Pogo. Lomor, der jetzt mit dem Airboard zugange war, hatte sich damit frontal in den Kleiderständer in der Ecke katapultiert und diesen umgerissen. Auf allen vieren kroch er unter Laborkitteln und dem Pelzmantel hervor, wobei letzterer an seinem Rücken hängen blieb. Rolmo, der jetzt erst hinübersah, hielt das fellbedeckte, krabbelnde Etwas offenbar für ein steinzeitliches Raubtier. Brüllend schnappte er sich einen von Professor Tuffhäusers patentierten Um-die-Ecke-Teleskopbesen und prügelte wie wild damit auf den kriechenden Pelzmantel ein. Morlo, der sich gerade auf einem Schreibtischstuhl rasend schnell um die eigene Achse drehte, brach darüber in gackerndes Gelächter aus. Der dicke Omlor, der mit belämmertem Gesichtsausdruck etwas abseits saß, wurde jetzt alle paar Sekunden von einem heftigen Schluckauf geschüttelt. Bei jedem *Hicks* hüpfte eine Schraubenmutter aus seinem Mund auf die Tischplatte.

»Ich denke, es ist wirklich an der Zeit, dass wir diese Sache in Ordnung bringen«, erklärte der Professor. Während Jenny sich noch fragte, wie er vier aufgedrehte Urmenschen dazu bringen wollte, sich einer nach dem anderen in die Wanne zu setzen, trat er zur Tür des Labors.

»Rammboldt?«

Sekunden später tauchte die kleiderschrankgroße Silhouette des Dienstroboters im Türrahmen auf.

»*Bliep*«, sagte Rammboldt.

Professor Tuffhäuser wechselte ein paar gedämpfte Worte mit seinem mechanischen Hausdiener und wies dann auf Rolmo, in dem er aufgrund seiner Körpergröße den Hauptunruhestifter sah.

Ungeachtet des Gerümpels, das mittlerweile knöchelhoch den Boden des Labors bedeckte, rollte Rammboldt auf den Neandertaler zu, der noch immer auf seinen unter dem Pelzmantel verborgenen Cousin eintrommelte. Mit einem stählernen Greifer entriss er ihm den Besen. Als der Urmensch sich daraufhin verdutzt umdrehte, packte der Roboter ihn an den Oberarmen, hob ihn wie ein kleines Kind in die Luft und rollte mit ihm zur Zeitmaschine hinüber.

Vielleicht doch ganz gut, dass Onkel Albert ihn so kräftig konstruiert hat, fuhr es Jenny durch den Kopf. *Geschirr spülen kann er zwar nicht, aber um gegen eine Horde außer Rand und Band geratener Neandertaler durchzugreifen, ist er genau der Richtige.*

Wie recht sie hatte, zeigte sich, als Rammboldt den Neandertaler über den Rand der Wanne hob und ihn unter dem Metallschirm in Positur stellte. Kaum hatte Rolmo die Arme wieder frei, fuhr er herum und landete einen kräftigen Schwinger gegen die Kuppel aus gehärtetem Kristallglas, unter der Rammboldts Mikroprozessoren untergebracht waren – die Stelle, wo bei einem Menschen das Kinn saß.

»AUOOO«, heulte Rolmo und hielt sich die geprellte Faust.

»Bliep«, sagte Rammboldt unbeeindruckt.

... und ein Glück, dass er so stabil ist, fügte Jenny in Gedanken leise hinzu.

Rolmo scheuerte dem Roboter noch eine, abermals ohne Erfolg. Als er begriff, dass er seinem silbern glänzenden Gegner nichts anhaben konnte, versuchte er, auf der anderen Seite aus der Wanne zu klettern und wegzulaufen. Rammboldt erwischte ihn am Nacken und zog ihn so mühelos zurück wie einen Hundewelpen.

»Rolllmo looon«, maulte der Neandertaler kleinlaut.

»Bliep«, bestätigte Rammboldt ausdruckslos.

»Wenn du nicht still stehst, hält Rammboldt dich eben fest«, murmelte Professor Tuffhäuser. Er deaktivierte den grünen Knopf, drückte stattdessen auf die Taste mit dem Minuszeichen und vergewisserte sich, dass die Digitalanzeige auf die richtige Jahreszahl eingestellt war. Dann drückte er BEAM.

Ein greller Blitz, ein durchdringendes *WUUUUUSCH* – und Rolmo war verschwunden.

Ungläubig starrte Jenny zur Zeitmaschine. Im Gegensatz zu Morlos Cousin war Rammboldt noch da, und das, obwohl seine Greifwerkzeuge ebenfalls von dem Energiestrahl getroffen worden waren. Dünner weißer Dampf stieg von dem Metall auf.

»Wieso hat es Rammboldt nicht auch in die Steinzeit versetzt?«, wollte Jenny wissen.

»Erwähnte ich das nicht?« Routiniert hantierte ihr Onkel an den Kontrollen der Zeitmaschine. »Der Temporal-Teleportierer kann nur organische Masse versetzen: Menschen, Tiere, Pflanzen. Rammboldt dagegen besteht aus rostfreiem Edelstahl. Seine Extremitäten erwärmen sich unter der Energieeinwirkung höchstens ein bisschen, das ist alles.« Der Professor hatte alles für eine weitere Versetzung vorbereitet. »Rammboldt? Den nächsten, bitte.«

»Bliep«, sagte Rammboldt und orientierte sich kurz. Dann rollte er schnurstracks auf Lomor zu.

Rolmos Cousin einzufangen, erwies sich jedoch als schwierig. Die verbliebenen Neandertaler hatten verfolgt, was mit Rolmo geschehen war. Als der Roboter jetzt auf Lomor zukam, stieß dieser einen panischen Schrei aus und rannte mit wehenden Haaren davon.

Der Professor hatte in weiser Voraussicht die Labortür verschlossen, daher gab es keinen Ort, an den Lomor fliehen konnte. In seiner Not rannte er immer wieder an der äußeren Wand des großen Raumes entlang im Kreis – dicht gefolgt von dem zentnerschweren Roboter, der wiederum von einem wild kläffenden Sudoku verfolgt wurde. Auf diese Weise vermochte Lomor zwar nicht zu entkommen, da er aber schneller war als Rammboldt auf seinen plumpen Laufketten, konnte sich die Verfolgungsjagd endlos hinziehen.

Jenny beschloss, die Sache abzukürzen. Trotzig trat sie einen Schritt vor und stellte sich dem rasenden Neandertaler in den Weg.

Doch Lomor dachte überhaupt nicht daran anzuhalten. Ohne abzubremsen, rammte er Jenny mit der Schulter beiseite, sodass sie rückwärtsflog und in einem Stapel Gummischläuche landete.

»Autsch«, murmelte sie. »Du dickes Bohnenmus … hat der eine Kraft!« Sie erhob sich und sah sich ohne große Hoffnung nach einer anderen Methode um, Lomor zu stoppen.

Morlo hatte den Vorfall von der anderen Seite der Werkstatt aus verfolgt. Als er sah, wie sein Vetter Jenny über den Haufen rannte, verzog sich sein haariges Gesicht vor Wut. Er wartete, bis Lomor das nächste Mal an ihm vorbeiwetzte, dann schob er unauffällig ein Bein vor.

Lomor stolperte aus vollem Lauf darüber und schlug der Länge nach hin. Als er sich verdattert wieder aufrichtete, hatte Rammboldt ihn eingeholt und packte ihn mit den Greifern an den Oberarmen.

Ein Blitz, ein *WUUUUUSCH,* und von Lomor war nichts mehr zu sehen.

»Danke, Morlo!«, Jenny winkte dem Neandertaler zu. Rammboldt machte sich unterdessen mit qualmenden Armen erneut auf den Weg.

Omlor kauerte noch immer vor der Werkbank, die er in seinem Heißhunger nahezu leergeputzt hatte. Sein Schluckauf hielt an, und nach wie vor kam bei jedem Hickser eine neue Mutter, eine Schraube oder ein Kugellager zum Vorschein.

Mit besorgter Miene trat Professor Tuffhäuser neben den schmerbäuchigen Neandertaler.

»Er scheint sich nicht allzu wohlzufühlen«, bemerkte Jenny mit einem Blick auf Omlors leicht grünliche Gesichtsfarbe.

Ihr Onkel winkte ab. »Das ist unwichtig. Viel wichtiger ist, dass wir sämtliche Sachen, die er verschluckt hat, wieder aus ihm rauskriegen, bevor wir ihn zurückschicken. Auf keinen Fall darf ein Gegenstand aus der Jetzt- in die Steinzeit gelangen! Das könnte unsere Gegenwart auf eine Weise beeinflussen und verändern, die wir uns nicht einmal ansatzweise vorstellen können.«

Jenny nickte. »So was habe ich mir schon gedacht. Deswegen habe ich Morlo die Hosen ausziehen lassen, bevor ich versuchte, ihn zurückzubeamen.«

»Du bist ein kluges Mädchen.« Der Professor tätschelte Jenny den Kopf. »Leider können wir nicht warten, bis er alles auf natürliche Weise wieder von sich gibt. Wir werden zu einer kleinen Radikalkur greifen müssen ...« Er wandte sich an Rammboldt, deutete auf Omlor und machte eine kurbelnde Handbewegung.

Der Roboter reagierte prompt. Er packte Omlor, drehte ihn um und schüttelte ihn, seine haarigen Fußknöchel fest im Griff, kräftig durch.

»Ööörks«, sagte Omlor. Kaum öffnete sich sein Mund, da purzelten nacheinander sämtliche Gegenstände, die er verschluckt hatte, auf den Boden des Labors. Erstaunt stellte Jenny fest, dass auch mehrere Batterien, zwei kurze Schraubenzieher und ein kleiner Hammer darunter waren.

»Was für ein Gierschlund«, bemerkte Professor Tuffhäuser kopfschüttelnd.

Als sie sicher waren, dass Omlor restlos alles wieder ausgespuckt hatte, rollte Rammboldt mit dem gefräßigen Neandertaler zur Zeitmaschine.

»Muss er ihn unbedingt weiter an den Füßen festhalten, Onkel Albert?«

Der Professor bedeutete Rammboldt, den Urmensch wieder mit dem Kopf nach oben zu drehen. Omlor guckte dümmlich aus der Wäsche und rülpste durchdringend. Dann machte es *WUUUUUSCH*, und er war weg.

»Morrrlo zo-hooot«, sagte jemand dicht neben Jennys Ohr.

Morlo war freiwillig zur Maschine gekommen. Offenbar hatte er keine Lust, Bekanntschaft mit Rammboldts stählernen Greifern zu machen.

»Odooo, Jonnno«, sagte er und streckte Jenny zum Abschied eine Hand hin – eine Geste, die er sich von den Menschen in der Stadt abgeschaut haben musste.

Verdutzt ergriff Jenny die Hand und schüttelte sie. »Noch mal gute Reise, Morlo. War schön, dich kennenzulernen.«

»Odooo!« Morlo verabschiedete sich ein zweites Mal lange und ausgiebig von Sudoku und kletterte in die Wanne.

Ein wenig komisch war Jenny schon zumute, als sich der Finger ihres Onkels auf den BEAM-Knopf senkte. Morlo war anders gewesen als die anderen Neandertaler, das hatte die vergangene Stunde noch einmal deutlich gezeigt. Im Vergleich zu seinen Verwandten benahm er sich beinahe menschlich – er hatte sogar seinem Cousin ein Bein gestellt, um Jenny und ihrem Onkel zu helfen.

All das änderte natürlich nichts an den Tatsachen: Morlo musste zurück in die Zeit, aus der er kam.

Der Neandertaler hob zum Abschied die Hand, dann wurde auch er von gleißendem Licht eingehüllt.

WUUUUUSCH!

Morlo war fort.

»Meinst du, er ist gut angekommen?«, wollte Jenny nach ein paar Augenblicken wissen.

»Warum nicht? Der Temporal-Teleportierer funktioniert in eine Richtung so gut wie in die andere.« Mit zufriedenem Gesicht schaltete Professor Tuffhäuser die Zeitmaschine aus. »Und wie du selbst gesehen hast, ist keinem der vier struppigen Gesellen auf dem Weg hierher etwas zugestoßen. Oder?« Er bückte sich und richtete einen umgefallenen Schreibtischstuhl auf. »Wahrscheinlich sitzt dieser Bursche … wie nanntest du ihn noch?«

»Morlo.«

»Wahrscheinlich sitzt Morlo jetzt schon beim Rest seiner Sippe an einem knisternden Lagerfeuer, lässt sich ein Mammutsteak schmecken und erzählt den anderen, was er hier erlebt hat.« Er überlegte kurz. »›Jetzt‹ vor 100 000 Jahren, meine ich natürlich.«

Der Gedanke gefiel Jenny. Grinsend machte sie sich daran, ihrem Onkel beim Aufräumen zu helfen.

Während sie die Scherben der zerstörten Scheibe zusammenfegte, stellte sie sich vor, wie Morlo seiner vermutlich viele Dutzend Köpfe zählenden Familie in der seltsam grunzenden Sprache der Neandertaler von all dem berichtete, was er im Verlauf des Tages in der Stadt gesehen und erlebt hatte. Ihr Grinsen verbreiterte sich.

Natürlich würden die daheim gebliebenen Höhlenmenschen dem armen Morlo kein Wort glauben.

Trendsetter von vorgestern

Etwa drei Wochen später, Jenny war gerade auf dem Nachhauseweg von der Schule, machte sie eine merkwürdige Beobachtung.

Sie war gerade ganz in ihr Handy vertieft, als ein Mann an ihr vorüberging. Das war nicht Besonderes, um die Mittagszeit waren die Straßen immer voller Menschen. Dass Jenny, die den Fremden nur aus dem Augenwinkel wahrgenommen hatte, dennoch stehen blieb und sich verdattert nach ihm umdrehte, hatte einen guten Grund.

Der Mann war exakt so gekleidet wie Morlo, nachdem Jenny ihn in dem Secondhandladen eingekleidet hatte! Wie der Neandertaler trug er einen beigefarbenen Trenchcoat, einen Hut von der Sorte, die schon seit Jahren nicht mehr modern war, ausgebeulte Jogginghosen und dazu eine viel zu große Sonnenbrille mit klobigem Gestell.

»M-morlo?«, stotterte Jenny unwillkürlich.

Der Mann hörte sie in dem allgemeinen Getümmel nicht. Trotzdem drehte er im Gehen leicht den Kopf zur Seite. Jetzt konnte Jenny sein Gesicht erkennen.

Natürlich war es *nicht* Morlo. Der befand sich längst wieder in der Steinzeit, jagte Riesenfaultiere, oder was Neandertaler sonst den ganzen Tag machten. Bemerkenswert war allerdings, dass der Mann zu allem Überfluss auch noch einen Vollbart trug, sodass von seinem Gesicht unter der Brille so gut wie nichts zu erkennen war.

Verwundert schaute Jenny ihm nach. Wie kam jemand auf die Idee, sich derart dämlich zurechtzumachen, obwohl er ganz offensichtlich kein Neandertaler auf der Flucht war?

Über diese Frage nachgrübelnd, ging Jenny nach Hause.

Am nächsten Tag begegnete sie auf dem Heimweg erneut einem Mann, der höchst auffällig gekleidet war. Jenny war zu weit entfernt, um Details auszumachen, aber sie war sicher, dass er Trenchcoat, Hut und eine albern große Sonnenbrille trug.

Zufall?

Zwei Tage später wuchs Jennys Verwirrung abermals. Als sie kurz vor der ersten Stunde vor der Schule ankam, wurde sie zufällig Zeuge, wie Herr Fleischmaurer, der junge Geschichtslehrer, auf dem Lehrerparkplatz aus seinem blauen BMW stieg.

Er trug einen Trenchcoat, einen lächerlich kleinen Hut und eine viel zu große Sonnenbrille!

Was war hier los?

In der vierten Stunde, während des Geschichtsunterrichts, hatte Fleischmaurer natürlich weder Hut noch Mantel oder Brille an. Dafür stellte Jenny überrascht fest, dass er offenbar versuchte, sich einen Vollbart wachsen zu lassen. Die braunen Stoppeln an Wangen, Kinn und Hals waren zwar noch weit davon entfernt, so dicht und struppig zu sein wie Morlos Gesichtsbehaarung, aber die Absicht war unverkennbar.

Jenny verzichtete darauf, Herrn Fleischmaurer nach seinen Motiven zu fragen. Sie hatte mittlerweile einen Verdacht, was das alles zu bedeuten haben könnte.

Am Nachmittag ging sie in die Stadt und suchte die Straße mit dem Secondhandladen auf. Als sie dort ankam, verließen gerade zwei Männer das Geschäft. Beide waren Mitte zwanzig, beide hielten eine prall gefüllte Plastiktüte in der Hand – und beide trugen einen dunklen, ungleichmäßigen Bartflaum im Gesicht.

»... ein Riesenglück, dass sie noch welche hatten«, hörte Jenny den Größeren sagen. Grinsend zog er eine abscheuliche, viel zu große Sonnenbrille aus seiner Einkaufstüte.

»Aber hallo«, bestätigte sein Begleiter und klopfte stolz auf die Brusttasche seines Hemds, aus dem der Bügel eines ähnlich plumpen Nasenfahrrads lugte. »Die besten gibt's hier, so viel steht fest.«

Grübelnd blickte Jenny den beiden nach. Dann schlug sie den Weg ein, den sie drei Wochen zuvor mit Morlo gegangen war.

Es dauerte nicht lange, und sie erreichte die Bank, wo sich Morlo kurzerhand zu den drei jungen Männern gesetzt hatte. Jenny war nicht sonderlich überrascht, dass die drei auch heute wieder dort saßen. Etwas anderes überraschte sie dagegen schon.

Die drei hatten sich stark verändert.

Anstatt wie kürzlich noch ihre aufwendig frisierte Haarpracht zur Schau zu tragen, saßen jetzt altmodische Hüte auf ihren Köpfen. Ihre schicken Blousons und Westen hatten sie eingetauscht gegen bodenlange Trenchcoats, unter denen die Beine schlabberiger Jogginghosen hervorlugten. Und natürlich trug jeder einen struppigen Vollbart und die unvermeidliche, hässliche Sonnenbrille.

Jennys Verdacht erhärtete sich. Sie machte kehrt und lief zurück nach Hause. Dort schaltete sie den Computer ein und startete eine Internetsuche nach den eigentümlichen Mode-Accessoires, die offenbar seit Wochen schon die ganze Stadt verrückt machten.

Sie wurde rasch fündig.

Hunderte, wenn nicht Tausende junger Männer hatten Videos von sich hochgeladen, die sie in jener geschmacklosen Kluft zeigten, die Jenny aus Zeit- und Geldnot für Morlo besorgt hatte. Es gab Tipps, wie man seine Jogginghose in kürzester Zeit am besten ausbeulen konnte, und Anleitungen, wie sich ein Vollbart möglichst struppig frisieren ließ.

Staunend surfte Jenny weiter.

Wie sie erfuhr, erzielten übergroße, in Taiwan oder Korea billig produzierte Imitate von Omasonnenbrillen bei Internetauktionen momentan Höchstpreise. Das Gleiche galt für ausgelatschte Halbschuhe, die manche Jugendliche ihren Vätern abluchsten und im Netz verhökerten.

Jenny ahnte, dass sie auf der richtigen Spur war. Lediglich der Auslöser des merkwürdigen neuen Trends war ihr noch unklar.

Sie googelte weiter, diesmal nach kombinierten Suchbegriffen, etwa »Sonnenbrille & Vollbart & Hut«.

Wiederum stieß sie auf zahllose Videos, in denen junge Männer sich im Stil eines Inkognito-Neandertalers verkleidet hatten und sich sagenhaft cool dabei vorkamen. Es gab sogar Werbeanzeigen namhafter Klamottenhersteller, in denen bärtige Typen für zu kleine Hüte und klobige Brillengestelle warben.

Schließlich stieß Jenny auf ein Video, das seit knapp drei Wochen online stand, aber schon erstaunliche eineinhalb Millionen Mal angeklickt worden war. Sie startete es – und glaubte, ihren Augen nicht zu trauen!

Der kurze Film, der den Titel »Hip, hipper – Neanderstyle!« trug, zeigte … *Morlo und Jenny*, wie sie sich verstohlen zwischen allerlei Passanten durch die Innenstadt schlichen! Jemand musste sie auf ihrer Flucht durch die City unbemerkt mit dem Handy gefilmt haben. Deutlich war Morlos struppiges Gesichtshaar zu erkennen, der kleine, schäbige Hut und die unmögliche Brille.

Das Video dauerte nicht einmal zwanzig Sekunden. Doch das reichte, um einen Eindruck von der affenartigen Art zu gewinnen, mit der der Neandertaler sich bewegte: schlurfend, vornübergebeugt, mit weit ausschwingenden Armen. Kein Wunder, dass der Macher des Films diesen Gang mit einem Höhlenmenschen in Verbindung gebracht hatte – ganz ohne zu ahnen, dass Morlo tatsächlich ein Neandertaler war.

Jenny las die Infobox unter dem Videofenster: *Obercooler Tühp, vor ein paar Tagen abgeschossen in der City. Seht seinen Style & seine Moves! Soooo lässig! Hab mir logo schon Hut & Brille bestellt. Am Gang muss ich noch feilen. Neanderstyle rockt!!! :-D*

Das Video hatte über 50 000 positive Bewertungen.

Kopfschüttelnd erinnerte sich Jenny, wie penibel Onkel Albert und sie darauf geachtet hatten, dass kein noch so winziger moderner Gegenstand zusammen mit Morlo in die Steinzeit reiste, damit nicht versehentlich ein Zeitalter das andere beeinflusste. Und nun war genau dies doch passiert: Morlos Besuch hatte die Gegenwart verändert – und zwar nicht zu knapp. Zum Glück stand nicht zu befürchten, dass der von Morlo losgetretene neue Trend irgendjemandem schaden würde.

Eine Woche später wimmelte es in der Fußgängerzone von Männern im Neanderstyle. Stolz wurden kleine Hüte zur Schau getragen, spärlich sprießende Vollbärte wurden präsentiert und Arme geschlenkert. Jenny, die das verrückte Treiben fasziniert verfolgte, holte ihr Handy heraus und betrachtete noch einmal das Selfie, das sie von Morlo und sich gemacht hatte.

Schade eigentlich, dass Morlo jetzt nicht noch einmal zu Besuch kommt, dachte sie grinsend. *Er würde überhaupt nicht mehr auffallen!*